잇츠
IT'S MY LIFE
마이라이프

# 잇츠 마이 라이프 13

**초판 1쇄 인쇄일** 2022년 11월 11일 | **초판 1쇄 발행일** 2022년 11월 17일

**지은이** 초촌 | **펴낸이** 곽동현 | **담당편집 팀장** 이범수
**편집부** 정요한 조혜진

펴낸곳 (주)조은세상 | 출판등록 제2002-23호
주소 서울특별시 동작구 동작대로1길 27 5층
TEL 02)587-2966 | FAX 02)587-2922
E-mail bukdu@comics21c.co.kr


ISBN 979-11-391-1180-4 | ISBN 979-11-391-0352-6(set)
값 9,000원

13

북두
(주)조은세상

# 잇츠 마이라이프

IT'S MY LIFE

초촌 현대판타지 장편소설

초촌 현대판타지 장편소설

MODOERN FANTASY STORY

## CONTENTS


Chapter 96 … 7

Chapter 97 … 51

Chapter 98 … 91

Chapter 99 … 125

Chapter 100 … 163

Chapter 101 … 199

Chapter 102 … 239

Chapter 103 … 275

# Chapter 96

## Chapter 96

드라마 '느낌'이 시작부터 센세이션을 일으키더니 종영까지 성황리에 마쳤다.

그 느낌을 너무 찾은 탓인지 막 3집을 내며 시동 걸던 현진 형이 느낌적으로 필로폰 투약 혐의로 경찰에 체포됐다.

전작의 성공에 힘입어 선주문만 100만 장을 돌파하는 등 엄청난 흥행 몰이를 예상했으나 판매 중이던 음반 수십만 장이 폐기되며 활동도 제대로 못 해 보고 한 달 만에 접음.

폭망.

전력을 쏟아부은 SML은 초상집이었다.

"어떻게 되고 있어요?"

"매니저부터 회사 사람들 전부 끌려가서 조사받는 중이랍니다."

"아이고, 문제네요."

"그러게 말입니다. 현진형도 91년에 대마초 흡입에 지난번 마약 투여 전적이 있어서인지 이번엔 방법이 없나 봅니다."

"SML은요?"

"이순만 사장이 백방으로 뛰어다니고 있습니다. 듣기로는 월미도와 방배동 카페를 내놨다고 하더라고요."

알짜배기인데 아깝게.

"최대 위기가 왔네요."

"심각합니다. 2집 수익도 꽤 많은 부분에서 정산받지 못한 상태라고 들었습니다."

"하긴 서라벌 레코드가 부도났으니까요."

'흐린 기억 속의 그대'가 초대박 났음에도 SML은 큰 재미를 보지 못했다. 유통사인 서라벌 레코드가 무너지는 바람에.

이때 현진형이 정산받은 금액이 1억 7천만 원이라고 했던가?

오필승이라면 100만 장 기준 16억 원은 받았을 텐데…… 뭐 현진형은 그 1억 7천도 두 달 만에 탕진했다고 하니 16억을 주나 160억을 주나 똑같았을 것 같았다.

"이번에 정말 힘을 많이 줬다고 하던데…… 큰일입니다."

"이런 일이 터질 줄 누가 알았을까요? 몰랐겠죠."

"……예."

"잘 보고 계시다가 연말쯤 불러오세요. 밥이나 한 끼 하게."

"잡으시려는 겁니까?"

"밥 먹으면서 보려고요. 어떤 생각을 가지고 있는지."

"알겠습니다. 미리 준비하고 있겠습니다."

김연이 고개 숙이는 사이 다소 늦은 94년 상반기 매출을 봤다.

1집 50만.

2집 10만.

3집 20만.

4집 50만.

5집 10만.

6집 10만.

7집 150만.

8집 10만.

도합 310만 장. 전부 CD 매출이다.

2,800만 달러.

이제는 익숙해진 작은 숫자였지만.

특이한 건 7집이었다.

얘는 어떻게 아직도 꾸준할까?

혹시나 89년 첫 발매부터 판매 리스트를 봤다. 첫해 확 뜬 것 외에는 전부 꾸준한 판매였다. 200만 장씩. 딱히 이슈도 없는데도.

'대체 얼마나 나간 거야?'

LP 2,400만 장, CD 750만 장이다.

'3,000만 장을 넘겼네.'

오올~.

보이지 않게 강한 건가?

이런 기조대로라면 다음 정산 때도 최소 50만 장은 기대해 볼 만하겠다.

"재밌는 게 있습니까?"

"예?"

"웃고 계시길래요."

"아…… 아니에요. 잠깐 정산을 봤는데 7집이 재밌어서요."

"저도 봤습니다. 꾸준하게 사랑받더군요. 확 끓어오르지는 않고 말이죠. 간혹 그런 앨범이 있습니다."

"신기해요."

"저도 그렇습니다. 아, 저 그리고 저기 방송사에서 부탁이 하나 들어왔는데요. 제 선에서 거르려다 혹시나 하여 여쭤보려 합니다."

"……?"

"연예 정보 프로그램인데요. 신인과 존경하는 뮤지션과의 만남을 주선한다고 하더라고요. 마약 투약 때문에 시끄러워서 그런지 총괄님이 한 번만 나와 주셨으면 좋겠다고 사정합니다."

"분위기 전환해 달라는 건가요?"

재밌네.

나란 사람은 얼마 전에 방송국 놈들이라고 인터뷰한 사람이다.

아닌가? 예능국이랑 보도국이랑은 다른가?

"대체로 그런 의도 같습니다. 불편하시면 제가 알아서……."

"신인은 누군가요?"

"아, 그게…… 저번에 '나를 돌아봐'로 나왔던 듀슨입니다. 듀슨이 가장 만나고픈 뮤지션으로 총괄님을 택했답니다."

"듀슨이 저를요?"

"이번에 '여름 안에서'란 곡으로 나왔는데요. 곡이 제법 좋습니다. 1집도 호응이 좋아 신인치고는 팬층이 꽤 두텁습니다."

"그런가요? 알았어요. 만나 보죠. 가요계를 위해서라는데."

허락이 떨어지자마자 방송국은 기다렸다는 듯 스케줄을 잡았고 지정된 날짜, 시간에 김연과 함께 나도 이동했다.

"안녕하십니까. 연예가 TV. '그를 만나고 싶다'입니다. 오늘의 초대 손님은 1집 '나를 돌아봐'로 선풍적인 인기를 끌고 이번에 2집 '여름 안에서'로 돌아온 듀슨입니다. 와아아아아~."

깜찍하게 생긴 리포터가 호들갑을 떨며 초대가수를 반겼고 다소 어색한 표정으로 듀슨이 들어와 인사했다.

“안녕하십니까. 듀슨입니다.”

“어서 앉으세요.”

“감사합니다.”

앉자마자 숨 돌릴 새도 없이 질문이 떨어졌다.

“요즘 근황은 어떠신가요?”

“팬분들이 사랑해 주시는 덕분에 하루하루 기쁘게 보내고 있습니다. ‘여름 안에서’도 많이 사랑해 주시기 바랍니다.”

“듀슨은 가요계에서도 유명한 춤꾼이라고 하던데요. 2집도 1집에서처럼 강렬한 댄스가 이어지나요?”

“아닙니다. 이번 ‘여름 안에서’는 이지팝 계열을 첨가한 곡으로 무더운 여름, 해변에 서서 파란 하늘을 바라보는 느낌을 전하려 노력했습니다. 간단한 동작과 함께 자유로움을 표현하려 애썼죠.”

“그렇군요. 시청자분들께 보여 드릴 수 있을까요?”

“예.”

마치 준비됐다는 듯 듀슨이 일어났고 음악이 흘러나왔다.

특유의 청량한 리듬과 함께 20초가량의 간단한 공연이 이어졌다.

끝나자마자 박수로 환영한 리포터는 다시 인터뷰의 맥을 이었고 내 순서가 돌아왔음을 옆에 있는 PD가 알렸다.

“자, 돌풍적인 인기를 구가하는 듀슨은 과연 누굴 만나고 싶었을까요? 이제 물어보겠습니다. 듀슨이 존경하는 뮤지션은 누구인가요?"

"저희는 무조건 페이트 님입니다."

"아아, 페이트시군요."

"페이트가 아니라 페이트 님입니다. '님'이란 호칭을 붙이는 건 비단 저희뿐만이 아닙니다. 제가 아는 모든 뮤지션들이 그렇고 또 페이트 님을 만나 보는 것을 소망합니다. 그분과 함께 작업하는 건 그야말로 꿈이니까요."

"그렇군요. 페이트 님. 그런데 그분이 무척 바쁘신 건 아시죠?"

"압니다. 저희도 사실 제작진께 말씀은 드렸지만 성사될지는 의문이었습니다. 근데 오늘 오시나요?"

"아직 잘 모르죠. 저도 오셨으면 좋겠는데요. 알겠습니다. 그럼 한번 불러 볼까요? 오셨는지, 안 오셨는지."

"정말 오셨나요?"

"저도 정말 모릅니다. 저기 저쪽 보이시죠? 저쪽으로 한번 불러 보세요."

"정말요? 불러도 돼요?"

"그럼요."

리포터의 허락에 듀슨은 벌떡 일어나 페이트를 불렀다.

그러나 생각보다 작은 목소리라 리포터가 다그쳤다.

"조금 더 크게 불러 주셔야죠. 들리게."

"아, 예. 페이트 님!"

TV는 사랑을 싣고도 아니면서 음악이 깔렸고 옆에 있던

PD가 어서 나가라고 하였다.

나갔더니 온갖 스포트라이트가 나를 향했고 리포터는 기다렸다는 듯 나의 약력을 줄줄 읽어 댔다. 듀슨은 얼이 빠진 상태로 쳐다보고만 있고.

가볍게 인사를 하며 마련된 자리로 갔을 때도 듀슨은 정신을 차리지 못했다. 촬영장도 역시 술렁이며 시끄러웠다.

이 모든 게 원 테이크로 촬영됐다.

내가 이 프로그램에 출연하며 건 조건은 단 한 가지였다.

무조건 생방송.

시끄러워도 PD가 끊지 못하는 이유가 여기에 있었다.

"안녕하십니까. 페이트입니다."

"안녕하십니까. 연예가 TV입니다. 반갑습니다. 와아아아아아~."

"저도 반갑습니다."

"그럼요. 저희도 얼마나 반가운지 몰라요. 너무 반가워서 이 자리를 박차고 일어나고 싶을 정도예요."

"아, 그런가요?"

텐션이 올랐는지 리포터의 목소리가 한껏 높아졌다.

그럼에도 자기 역할을 잊지 않고 인터뷰한다. 베테랑이던가?

"본래 방송 출연을 잘 안 하시는 분이신데 어떻게 나오시게 됐나요? 혹시 연예가 TV 팬이신가요?"

"아, 예."

농담 반으로 물어본 질문에 '그렇다' 답하자 리포터는 더욱 데시벨을 높였다.

"어머어머어머, 기뻐라. 그러시군요. 페이트 님이 우리 연예가 TV 팬이시답니다. 그럼 혹시 제 이름도 아시나요?"

"미나 씨죠."

"꺄아악, 꺄아악, 저 너무 좋아서 그런데 악수 한 번만 해 봐도 될까요?"

"물론입니다."

내 손을 잡고 연신 감격하는 모습을 보니 베테랑인가 싶었던 판단이 싹 사라졌다. 온통 사심 채우기에 여념이 없었다. 아닌가? 이 와중에 사심도 채울 만큼 베테랑이던가?

그렇게 겨우 듀슨과 대화의 자리가 마련됐다.

"만나 뵙고 싶었습니다. 음악적으로 무척 존경합니다. 페이트 님."

"말씀 편하게 하세요. 형님들이신데."

"아닙니다. 절대로 안 됩니다. 어떻게 페이트 님께 말을 놓겠습니까? 저희는 절대 그런 짓 못 합니다. 우리나라의 자랑이신데요."

"자랑이라뇨. 제가 더 민망하네요."

"아닙니다. 이렇게 나와 주신 것만도 저희는 꿈을 이룬 것 같습니다. 저기 부탁인데…… 사인 좀 해 주실 수 있으십니까?"

"사인이요?"

"여기, 여기요."

벌떡 일어나 입고 있는 셔츠를 앞으로 내민다. 두 사람 다.

"해 드리는 건…… 상관없는데. 옷인데 괜찮나요?"

"자랑스럽게 입고 다닐 겁니다. 공연에서도 입을 거고요. 전시도 해 줄 거고요."

"알겠습니다."

유성 매직을 들고 손수 친필 사인을 앞판에다 해 줬다.

입이 찢어지게 좋다고 웃는데.

내가 오늘 나온 건 이런 거나 하려는 목적이 아니었다.

막 용건을 말하려는데 리포터가 또 나섰다.

"듀슨의 앨범을 들어 보셨나요?"

"예? 아, 예. 그럼요."

"혹시 앨범에 대한 페이트 님의 평가를 기대해 봐도 될까요?"

"평가요?"

"그럼요. 페이트 님이 듀슨의 앨범을 어떻게 생각하는지 궁금해서 그래요."

"지금요?"

"냉정한 평가를 원합니다. 듀슨도 그렇죠?"

"예, 맞습니다."

"으흠……."

뭐랄까. 이럴 거라는 건 알았지만, 막상 닥치고 나니 살짝 부담스럽긴 했다.

"냉정하게요? 저는 이런 일에는 가차가 없는데 괜찮으십니까?"

"솔직한 평가면 됩니다. 듀슨도 그걸 바랄 테고요. 그죠?"

"예, 그렇습니다. 각골명심하여 앞으로 노력하겠습니다."

"그러시다면 1집부터 갈까요?"

"좋죠."

"제가 어려서부터 세계를 돌아다니다 보니 보고 듣는 게 참으로 많습니다. 1집은 그런 면에서 살짝 일본의 모 댄스 그룹과 구성이 비슷하나 이도 사실 뿌리를 찾아가다 보면 바비 브라운에서 출발하죠. 전 시대는 마이클 잭슨이 주류를 이루었다면 현 시대 댄서들은 바비 브라운의 영향을 안 받은 사람이 없을 겁니다. 저는 듀슨도 그 범주일 거라 봤습니다. 맞나요?"

"아아, 맞습니다. 저희 춤은 바비 브라운에서 많이 차용했습니다. 엄청 동경했거든요."

순순히 인정한다.

좋은 자세.

나도 인정해 줬다.

"누군가를 동경하는 건 아티스트로서 좋은 자세죠. 잘 소화해서 듀슨의 것으로 만들었으니 더할 나위가 없네요."

"감사합니다. 감사합니다."

"이번 2집은 아주 예쁘더군요. 시원한 해변에서 연인을 기다리는 어여쁜 여성이 떠오르기도 하고 그 여성분에게 세상 모든 걸 바치려는 남성이 떠오르기도 합니다. 오래 들어도 질리지 않을 예쁜 곡이 나왔네요. 제 평가는 처음부터 이랬습니다. 1집, 2집 모두 20년이 지나도 사랑받을 명곡이다."

"……!"

"……!"

생각지도 않은 극찬에 자기 입을 막고 놀라는 듀슨이었다.

나도 본의 아니게 칭찬부터 하게 됐지만 이제 슬슬 나온 목적을 실천할 시간이 됐다.

김선재를 보았다.

"매력도 출중하고 가요계에 어울리는 성향도 가지고 있네요."

"그, 그렇습니까?"

"잘만 가면 대성할 것처럼 보이긴 하나 애석하게도 좋은 말씀은 못 드릴 것 같네요. 저는 이쯤에서 멈추라 조언하고 싶어요. 이상하게도 제 판단이 그럽니다. 자꾸 다른 일을 권하라네요."

"예?"

"타고난 성향과 다른 삶을 권하는 건 이번이 처음이긴 한데. 어쨌든 그렇습니다. 가요계를 떠나시는 게 좋을 것 같습니다. 다른 일을 찾아 새 삶을 사는 걸 추천해 드리고 싶네요."

"……."

좋았던 분위기가 신기루였다는 듯 촬영장이 싸늘해졌다.

"제가 오늘 나온 이유는 단 한 가지입니다. 김선재 님을 보러죠."

"……."

"당신은 이 바닥에 더 있으면 안 될 것 같습니다. 지금까지의 일을 추억 삼아 다른 삶을 사는 게 좋을 것 같아요. 그게 사는 길이라네요."

김선재는 현재 차기 스타감이라는 얘기가 돌 정도로 인기가 치솟는 중이었다.

팬들은 그런 그를 무척 사랑했고 내년이면 그 인기가 정점을 찍게 된다. 바람을 타고 솟구쳐 오르는 영광처럼.

그러나 그게 다 무에 소용일까.

전도유망한 가수의 앞길을 끊는 건 가슴 아픈 일이 틀림없다만 죽는 것보단 나았다.

할 말을 마쳤으니 일어날까 하는데 리포터가 급히 잡았다.

아직 뭔가가 남은 모양.

내가 약속한 건 여기까지인데…….

PD를 봤더니 눈길을 피한다.

"저, 저기…… 몇 가지 질문 좀 해도 될까요? 모처럼 나오셨는데 시청자분들의 궁금증을 풀어 주는 것도 좋은 일 같아서…… 준비해 봤는데 괜찮을까요?"

주변을 봤다.

리포터도 제작진도 얼어 버린 듀스은 이미 뒷전이었다.

"무엇이죠?"

"저기 항간에 이런 말들이 오가는데요…… 어째서 한국 음악을 널리 알리지 않는지……요?"

"한국 음악이요? 어떤 음악이요?"

"전통 음악들이 있잖습니까. 판소리나 국악 같은."

"……."

이것이었나?

어쩐지 이상하다 했다. 예능국 PD가 인기몰이 중이긴 하나 한낱 신인 가수를 위해 발 벗고 나서는 게.

김선재에게 용건도 있고 혹시나 해서 생방송이 아니면 출연 안 하겠다 한 건데 뒤통수를 때리다니.

"그렇군요. 먼저 하나 질문해도 되나요?"

"예."

"대체 그 항간은 어디에서 나온 거죠?"

"예?"

"항간에 이런 말들이 오간다고 제게 했잖습니까? 그러니까 그 질문의 정확한 출처가 어떻게 되냐는 거죠. 설마 없는 얘기를 지어내신 건 아닐 테니까요."

"그게……."

당황하여 PD 쪽으로 시선을 돌린다.

웃음이 나올 뻔했다.

카메라를 봐 줬다.

"김은식 PD님은 지금 언론이 그런 식으로 기사 쓰다가 어떤 꼴을 당했는지 못 보셨나 봅니다. 생방송을 담보로 약속되지 않은 내용을 마음대로 넣으시곤 '항간'이라는 단어로 회피하시다뇨. 방송국 놈들은 보도국이나 예능국이나 다 같은 건가요?"

"죄, 죄송합니다. 항간은 아니고 제가 넣은 겁니다."

소송에 휘말리고 싶진 않았는지 바로 사과한다.

"자극적일까 싶어서 넣은 건가요? 아니, 여기에도 함정을 파 놓으신 건가요?"

"함정은 절대 아닙니다. 한국적인 걸 사랑하는 PD로서 마음이 앞섰습니다. 죄송합니다."

한국적인 걸 사랑하는 PD라니.

무슨 말도 안 되는 변명일까.

차라리 한국인으로서, 한국 전통문화를 사랑하는 사람으로서라고 하지.

결국 찔러본 것이다.

하지만 굳이 회피하고 싶지는 않았다.

이것도 생방송의 묘미니까.

"물론 제가 생각하는 바를 말씀드리는 건 어렵지 않습니다. 기탄없이 발언해도 됩니까?"

"무, 물론입니다."

잠시 등장인물 외 목소리가 나왔으나 이것도 역시 생방송의 맛.

"혹시나 그렇게 생각하는 분들이 있을 수 있어 오해 없게 설명해 드리려 합니다. 먼저 장르로 보면 전 국악이 아니라 서양음악을 전문적으로 하는 사람입니다. 그래서 애초 어째서 국악을 넣지 않느냐는 질문이 성립되지 않습니다. 서양 음악을 하는 사람이니까요. 이게 제 정체성입니다. 으음…… 퓨전 음악을 시도하는 분들에게는 어쩌면 좋은 질문일 수도 있겠네요."

"……."

"이게 어떤 차이인지 비유로써 말씀드리겠습니다. 저 멀리 아프리카에 발레를 동경하는 소녀가 있습니다. 소녀에게 차이코프스키의 곡을 공연하는 볼쇼이 발레단은 꿈이었습니다. 그래서 엄청난 노력으로 마침내 볼쇼이 발레단에 입단했죠. 그런 소녀에게 주변 사람들이 자꾸 아프리카의 리듬을 넣으래요. 아프리카를 알리라고요. 그런데 그게 볼쇼이와 어울릴까요?"

"……!"

"이태리 요리를 동경하는 인도 요리사가 있습니다. 이탈리아반도의 파스타와 피자의 맛을 연구하는 그에게 자꾸만 카레를 넣으라 하네요. 사 먹겠습니까?"

"……!!"

"83년에 데뷔하여 어느덧 10여 년이 흘렀네요. 그동안 참으로 많은 일이 있었죠. 이제 제가 도리어 묻고 싶습니다. 페이트가 한국인인 줄 모르는 음악인이 있을까요? 제가 수상할 때마다 앞에는 언제나 from South Korea 혹은 Republic of Korea가 선봉에 섭니다. 의도적으로 그렇게 부르게 하였으니까요. 그러니까 더 이상 된장국에 김치찌개에 카레를 치라 하시지 마시고 부디 이 정도로 만족해 주실 순 없겠습니까?"

"……."

"제 판단에 지금 우리는 서양 음악, 서양 기술 등 장르를 가리지 않고 배우고 흡수할 때입니다. 굳이 외국인에게 따라다니며 불고기, 김치 알리지 않아도 됩니다. 우리 문화가 융성하면 알아서 배우러 올 테니까요. 전 우리 한국인의 저력을 믿거든요. 한국인이 한국을 자랑스러워하는 순간 누가 뭐래도 한국적인 것이 세계적인 것이 될 테니까요."

"……!"

"조급해하지 마시고 그냥 놔두시면 됩니다. 세계에서 가장 IQ가 높은 민족, 세계에서 가장 손재주가 좋은 민족, 세계에서 가장 근면·성실한 민족, 세계에서 가장 교육열이 높은 민족, 세계에서 가장 향상성이 높은 민족, 그러면서도 세계에서 가장 선량한 민족. 이런 민족이 세상 어디에 있습니까? 우리뿐입니다. 우리는 이미 최고입니다."

"아아~."

리포터의 탄성이 터졌다.

촬영 스태프 쪽에서도 터졌다.

"시대에 뒤떨어진 위정자들에 의해 일제 강점기를 거치며 정기가 쇠락하고 그것도 모자라 6.25까지 겪으며 허리가 잘려 아무것도 없던 나라가 단 40년 만에 이만큼이나 성장했어요. 세계사를 들춰 봐도 유례가 없습니다. 고로 우리나라는 놔두기만 하면 됩니다. 거지 같은 방송사, 언론사, 정치인 놈들에게 휘둘리지만 않으면 알아서 큽니다. 조금만 더 자부심을 가져 주십시오. 당신은 이미 최고입니다."

"저, 저기……."

PD가 또 나섰다.

"예."

"우린…… 선진국이 되려면 언제까지 기다려야만 하나요?"

"선진국이요? 그리 오래 걸리진 않을 겁니다. 다만 점핑을 위해선 한 번의 위기를 거쳐야 하겠죠. 등가 교환. 이건 세계를 구성하는 진리니까요."

"위……기가 오나요?"

"홍청망청엔 반드시 대가가 따릅니다. 그것만 무사히 넘기면 우린 세계 속에서도 우뚝 선 나라가 될 겁니다. 그 시작은 아마도 2000년대 초반일 테고요."

난리가 났다.

국가 위기 같은 발언 때문이 아니었다.

학교가 뒤집혔다.

"야! 너 왜 그랬어?"

한태국이다.

"뭐가?"

"김선재에게 은퇴를 강요했다며?"

"권유한 거지."

"네 위치에서 권유가 가당키나 하냐? 지금 듀스 팬들이 학교에 쳐들어오겠다고 난리다. 가만히 있는 오빠 건드렸다고."

"그래?"

"뭐야? 뭐가 이렇게 태연해?"

"니가 있잖아. 내 보디가드."

"으응?"

"이때를 위해 십수 년 수련한 무사. 네 무력 좀 잘 활용해 봐."

"이 자식이."

회사도 난리가 났다.

이번엔 국가적 위기 발언 때문이었다.

들어가자마자 이학주가 도종민이 김연이 달려왔다.

"그게 무슨 뜻이야? 한 번의 위기가 있다니? 장 총괄, 뭔가 보이는 게 있어?"

"맞습니다. 방송에서 위기를 언급할 정도면 반드시 일어날 것 같은데 우린 무엇을 준비해야 합니까?"

"긴축 재정으로 들어갈까요? 아니, 이럴 게 아니라 현금부터 일단 모아 놔야겠습니다."

"그건 그렇고 왜 하필 '거지 같은'이란 단어를 썼어? 지금 정치권이 난리다. 언론사야 얻어맞은 게 있으니 쉬쉬하는데 한마디씩 하고 난리야."

“조심해야 하지 않을까요? 압력이 들어오면 어떻게 하죠?”

“일단 직원들 단속부터 시켜야겠습니다. 점검해 보라고요. 잘못된 것이 있는지.”

아이고, 두야.

흥분한 이들을 진정시키는 건 무척 힘든 일이었다.

다수를 상대하는 상황이면 더더욱.

오필승 식구들이야 기침 한 번으로 조용해졌다지만 일반인은 아니었고 누군가의 팬이라면 더더욱 힘들었다.

때아닌 항의 전화가 참으로 많이 왔다. 김선재를 은퇴시키려 한 걸 사과하라고. 네가 뭔데 오빠한테 관두라 마라 하냐고.

다 맞는 얘기였다.

이놈의 입이 또 말썽인 것.

한번 꽂히면 주변을 돌아보지 않으니…… 달리 설명할 길도 없고 이래서 선지자는 환영받지 못하나 싶기도 하고 진퇴양난이었다.

그나마 다행인 건 함부로 구는 이들이 없다는 건데.

정권을 등에 업고 언론에 천문학적 소송전을 걸고 또 그 돈을 전부 받아 낸 걸 본 사람들이라 그런지 직접적으로 덤빈 케이스는 무척 적었다.

안 그랬으면 극성들이 꽤 피곤하게 만들었을 텐데 말이다.

“아휴~ 미안하다. 미안해. 내가 다 잘못했다. 살려 주려 한 게 큰 잘못이다. 내가 큰 죄인이다. 에이, 짜증 나.”

TV나 틀었다.

손지찬, 김민존이 같이 나와 '그대와 함께'를 부른다. 1위 결정전이란다.

떡하니 1위를 찍고는 또 연속 3주나 해 먹는 걸 봤다.

온갖 멋을 다 부리며 무대에 선 그들이 한편으로는 부럽기도 하고 한편으로는 저게 다 뭔가 싶기도 하고 마음이 싱숭생숭.

그렇게 날씨가 슬슬 쌀쌀에서 차가움으로 바뀔 때 신승후가 신승후하는 모습을 봤다.

올 4월 3집 '널 사랑하니까'를 발매, 1위는 못 했어도 100만 장을 찍고 다시 절치부심하여 5개월 만에 낸 4집 '그 후로 오랫동안'이 거대한 꽃을 만개하였다. 5주 연속으로 갈 예정. 이로써 신승후는 발매한 모든 앨범이 100만 장을 돌파하는 진기한 기록을 세웠다.

좋은 소식은 다른 곳에서도 들어왔다.

저 멀리 미국에서 머라이어 캘리의 크리스마스 앨범 All I Want for Christmas Is You가 발매되자마자 폭발적인 인기를 끌며 고공 행진 중이라고. 역시 페이트란 말이 오간다고.

나도 벚꽃 연금처럼 크리스마스 연금이 하나가 생기려나?

대환영.

더불어 애니메이션 라이온 킹도 연신 기록을 갈아 치우는 중이라 했다. 본역사에서는 월드 박스 오피스 9억 6천만 달러라 했는데 이런 속도라면 10억 달러도 무난히 넘길 듯.

아주 행복한 시절이었다.

“출발하실까요?”

“좋죠.”

오늘은 외부에 용건이 있었다.

김연과 함께 차에 올라 장충동으로 향했다.

경쟁사 호텔이 있는 곳.

예약된 별실로 향했다.

“오셨습니까.”

문을 열자마자 기다렸다는 듯 SML 이순만 사장이 일어나서 인사하였다.

“제가 좀 늦었죠?”

“아닙니다. 제가 일찍 도착했습니다.”

나이 차는 아버지뻘이나 오늘은 친목 도모 따위로 모인 게 아니라 나도 편하게 대하지는 않았다.

식사가 나오고…… 내가 호텔 가온을 두고 굳이 경쟁사 호텔로 온 이유는 다른 게 없었다. 가온으로 가는 순간 총출동이잖나. 미안하게.

요리는 괜찮았다. 한정식의 풍성함과는 거리가 멀었지만 잔맛이 없으면서도 풍미가 가득한 녀석들로 나의 미각을 즐겁게 해 줬다.

사이다를 홀짝이며.

“제가 이리로 모신 이유는 이미 짐작하시리라 봅니다.”

"……."

무언으로 인정한다.

이순만 사장은 인생 최악의 길을 걷고 있었다.

현진형의 마약 사건이 터진 이래 조직력은 산산조각, 월미도와 방배동 카페를 매각하여 겨우 부도를 넘겼다. 이후 영끌하여 메이저와 J&J를 데뷔시켰으나 그나마 반응이 오는 메이저를 방송국에서 제재했다.

헤어스타일과 의상을 단정하게 하고 나오지 않는다면 방송 활동을 할 수 없다고 통보한 것.

이때만 해도 머리에 염색한다는 건 있을 수 없었고 의상도 마찬가지였다. 절실함이 목까지 찬 이순만은 총력을 다해 메이저를 설득했으나 비굴하게 음악을 할 수 없다고 매몰차게 거절, 메이저는 결국 공중분해된다.

그에게 남은 건 이제 나이 어린 연습생들뿐이다.

"같은 업계 종사자로서 도움이 될까 하여 연락을 드렸습니다. 이대로 무너지기엔 사장님의 역량이 아까워서요."

"……좋게 봐주셔서 감사합니다."

"혹 다른 계획이 있으십니까?"

"……계획이랄 건 없고 이제 마지막만 눈앞에 둔 상태입니다. 그것마저 망한다면 전 끝이죠."

"절박하군요."

"예."

"그럼 바로 본론을 꺼내겠습니다. 오필승 투자를 받으시겠습니까?"

"투자였……군요."

곡을 바랐나 보다.

내가 손대서 이름을 날리지 않은 곡이 없으니까. 그건 곧 매출이었으니.

하지만 어설프게 편승하는 건 내가 두고 보지 못한다.

"자생하셔야죠. 그것이 아니면 흡수밖에 없습니다."

"그렇군요. 자생…… 맞습니다. 다른 이에 기대서는 아무것도 안 되겠죠."

금방 알아듣는다.

나도 본론으로 들어갔다.

"지분 40%를 주세요."

"40%……."

"30억 드리겠습니다."

"……!!!"

이순만의 얼굴에서 일순 경악이 들어찼다.

SML은 망조가 든 회사다. 30억은커녕 3억 투자도 아까운 상태. 30억이면 SML을 통째로 사도 될 것이다.

"정말…… 절 도우시려는 거군요."

"처음부터 말씀드렸습니다."

"믿지 않았습니다. 주위에서 페이트 님의 말씀은 곧이곧대로 들어도 된다는 얘기를 해도 이 정도일 줄은 믿을 수 없었습니다."

"어떠십니까?"

"정말 제 역량이 그 정도가 된다 보십니까?"

"그 대답도 이미 한 것 같네요. 지분에 몇 가지 약속만 해 주시면 30억은 바로 입금될 겁니다."

"……."

잠시 말을 끊고 나를 바라보는 이순만이었다.

그리고는 천천히 일어나 정중히 허리를 숙인다.

"이 바닥에서 온갖 더러운 꼴만 보아 온 제게 희망이 돼 주시는군요. 이 은혜를 어떻게 갚아야 할지 모르겠습니다."

"파트너의 어려움을 지나칠 수야 없겠죠."

"그리하겠습니다."

"좋습니다."

다음 날로 오필승의 SML 투자가 발표됐다.

인터뷰에서 이순만은 SML은 앞으로 오필승과의 협업으로 정도만을 걸어갈 것을 약속한다.

아이돌 K-POP의 시초를 열고 해외 시장 진출의 금자탑을 쌓고 국내, 해외 음악 시장의 중심에 자사의 뮤지션을 장기 집권시킨 거대 엔터테인먼트 회사가 내 손에 들어왔다.

SML이 대한민국 음악계에 끼친 선한 영향력은 이견이 없었다. 여러 가지 심각한 문제가 많았음에도 다른 중소형 소속사들이 SML 성공 모델의 장점을 흡수하고 배우며 상향 평준화시켰다는 것만도 찬사 받아 마땅했고 그런 점에서 21세기를 이끄는 K-POP의 원조는 SML이었다.

내가 이순만에게 당부한 건 딱 두 가지였다.

아무리 바빠도 일주일에 꼭 하루는 뮤지션에게 휴식을 주라고.

SML은 살인적인 스케줄로 유명했고 소속 가수들을 혹사시키면서도 정신 건강이나 신체적 건강 관리를 제대로 하지 않아 팬들과 대중의 원성을 받았다. 탈퇴나 소송이 빈번하게 발생하는 경우도 다 그 때문.

그리고 돈이 필요하면 나에게 오라 하였다.

횡령하다 걸려 인터폴 수배 받고 여권이 무효화되고 검찰 앞에 서고 그런 꼴 당하지 말라고.

"세상엔 비밀이 없어요. 임시방편은 그야말로 임시방편일 뿐이죠. 잠시 즐겁게 해 줄지언정 두고두고 명예에 흠집을 낼 거예요. 몇 년 살다 죽을 게 아니라면 우리 같은 공인들에게 명예는 목숨과도 같아요. 잘 생각해 보세요."

이런 말을 하는데 재미있게도 룰랄의 '비밀은 없어'가 라디오로 흘러나왔다.

"알겠습니다. 고민이 생기면 제일 먼저 총괄님을 찾아오겠습니다."

"혹 제가 없더라도 김 실장님을 찾으시면 편하실 거예요.

오필승의 스타일이야 모두 김 실장님에게서 나오니까요."

"명심하겠습니다."

SML은 게임 셋.

1994년, 토요일로 시작하는 평년의 마지막이 다가왔다. 거리엔 온통 캐롤이 흘렀고 All I Want for Christmas Is You도 간혹 들렸다.

시상식이 열렸다.

올해 가요 대상에는 예상대로 김건몬이 수상했다. 3사 전부.

하지만 내가 이번에 주목한 건 연기 대상이었다.

'사랑을 그대 품안에', '느낌'이 연달아 초대박 히트를 치는 바람에 한껏 기대를 가졌는데.

대상은 한명회, 서울의 달이 가져갔다.

획을 그은 시청률에 비해 상복은 없었는지 '사랑을 그대 품안에'에서 남자 신인상이 하나 나왔을 뿐 나머지에는 언급조차 없었다. 젠장.

실망감을 추스르는 중 일본에서 연락이 왔다.

아무로 나미엔과 슈퍼 몽키즈가 곧 싱글을 출시한다고. 와서 지켜봐 달라고.

오케이.

일본으로 갔다.

여긴 더 난리였다.

TRY ME~私を信じて(나를 믿어)~는 본래 초동 8,000장에

서 시작, 입소문을 타 70만 장을 찍는 싱글이었다. 하지만 내가, 페이트가 리메이크했다는 소식이 알려지자마자 단번에 30만 장부터 스타트.

놀라운 건 그것만이 아니었다. 올해 활동하라며 세 곡을 준 TRF도 1월 1일에 CRAZY GONNA CRAZY를 발표, 2월 1일, 3월 1일에 masquerade, OVERNIGHT SENSATION~時代はあなたに委ねてる(시대는 너에게 맡겨져 있어)~의 발표를 계획하며 활동에 들었다. 이도 전부 페이트 작곡이라며 난리가 났다. 출발부터 70만 장.

작년 7월에 개봉한 스트리트 파이트2의 엔딩곡 시노하라 료코의 恋しさとせつなさと心強さと(그리움과 안타까움과 든든함과)도 이미 200만 장을 넘었다.

조국보다 외국에서 더 환영받는 나를 보며 기분이 묘했지만, 이 또한 자극으로 다가왔다.

내가 이러고 있을 시간이 없었다.

곧장 김연에게 전화해 페이트 9집에 필요한 가수를 섭외하라 일렀다. 명단을 불러 주며 살살 작업해 왔던 음원도 조용길에게 보냈다.

조건 반사처럼 반응이 왔다. 1991년 이후 만 4년 만에 나오는 페이트 9집이라 조용길은 그 즉시 한국으로 돌아왔고 위대한 탄생도 소집, 완전체로 나섰다.

나도 약 5일간의 일본 일정을 마치고 한국에 돌아가자마자 합류, 하루 종일 같이 붙어 있으며 작업을 시작했다.

그렇게 열흘 정도 됐을까.

전부 소집했다.

"가녹음에 들어가 볼게요. 준비는 잘 해 오셨죠?"

"예~."

"오늘은 점검하는 자리니까 편안하게 하시면 돼요. 준비해 오신대로만."

편안하게 하란다고 진짜로 편안할 사람이 몇이나 있겠냐마는 으레 하는 거다. 이게 또 이런 말을 안 던지면 삭막해 보일 수 있으니까 빼먹기도 애매했다.

조용길을 봤다.

"시작할까요?"

"좋지."

자신감 넘치는 대답과 함께 위대한 탄생의 드럼이 드라마틱한 등장으로 주위를 환기시켰다.

가자.

첫 번째 곡은 Bazzi의 Myself였다.

2018년에 발매된 앨범 Cosmic의 수록곡으로 페이트 9집의 1타로 나올 만큼 큰 주목을 받지 못한 곡이었지만 뭐랄까…… 인간적으로 끌린다고 해야 하나? 쩐다고 해야 하나? 간지 충만적인 곡이라 넣었다. 미국에서 욕먹고 있는 내 신세가 그려져서인지 남 얘기 같지도 않고.

연주할수록 좋았다.

2018년 곡치곤 90년대 감성이 잘 녹아 있어 조용길과 위대한 탄생도 부담 없어 했는데 곡 전반에 흐르는 퇴폐미도 그렇고 들을수록 곱씹게 되는 중독성도 좋아 모두가 만족스러워했다.

나는 이 곡을 김건몬에게 주었다.

앤드류 바지의 음색도 좋지만 김건몬의 쉿소리는 스티비 원더마저 넘어서니까.

훨씬 더 시너지가 날 것 같은 기대 속에 프로듀싱하였는데.

결과는 예상대로 Wonderful이었다.

두 번째 곡은 Andy Grammer의 My Own Hero였다.

2019년에 발표한 앤디 그래머의 4번째 앨범 Naive의 타이틀곡으로 이 곡도 수컷의 향기가 물씬 풍기는 곡 중 하나였다. 오히려 Myself보다 더 강한 감성으로 다가오는데 곰곰이 듣다 보면 괜히 전투력 솟고 누군가라도 붙잡고 '너는 어떠냐' 물어보고 싶은 충동이 인다. 분위기로 상대를 압살하는 누아르적인 요소도 있어 마치 한 마리의 고독한 늑대가 된 것 같기도 하고 마초맨이 된 것 같기도 하고 피가 끓어오르는 곡.

해서 누가 어울릴까 고민하다가 어쩔 수 없이 임재번을 불렀다.

그가 아니면 안 되는 곡이라.

91년 '이 밤이 지나면'이라는 시티팝풍의 곡으로 돌풍을 일으키다가 대중의 시선에서 사라진…… 근래 들어 활동 준비

중인 그를 데려오니 그야말로 찰떡이었다.

그에게도 좋은 기회가 될 거란 기대는 있었다. My Own Hero이니까.

결과물도 당연히 good.

세 번째 곡은 U2의 Beautiful Day였다.

이름만 들어도 고개를 끄덕일 밴드 U2의 10번째 앨범으로 2000년 발표한 All That You Can't Leave Behind의 수록곡이다.

U2도 이 곡을 발표하기까지 꽤 고난이 있었다. 1997년에 내놓은 앨범 Pop의 실패로 그동안 연구해 왔던 일렉트로 장르에 대한 결과물을 과감히 정리해야 했고 전통적이면서도 U2다운 목소리를 내자는 요구가 팬들 사이에서 크게 대두하면서 각성과 함께 꽤 큰 진통을 겪었다.

어쨌든 거장답게 좋은 곡으로 돌아왔다. 어디선가 꼭 '우리는 U2!'라고 외쳐 대는 것처럼 죠슈아 트리도 떠올리게 해 주고.

그래미 어워드 Song of the Year, Record of the Year 수상곡으로 나는 다시 윤수인을 불러 이 곡을 주었다. 보노의 음색과 비슷한 사람은 내가 아는 한 그가 유일했으니.

역시나 좋다.

네 번째 곡은 Kylie Minogue의 Can't Get You Out of My Head였다.

2001년에 발매된 앨범 Fever의 수록곡으로 카일리 미노그의 최전성기를 이끈 곡이자 대중음악 역사상 가장 큰 히트한 곡 중 하나로 꼽히는 명곡이었다.

난난나 난나나나나~ 로 시작되는 강력한 섹시 어필과 전염성 강한 훅으로 세계인을 매료시킨 곡.

나도 그중 하나였다.

그래서 그런지 다시 들여다봐도 특이하게 다가오는 곡이었다.

아이코닉한 유로비트를 탑재한 것 같으면서도 고전적 사운드를 풍기고 10년 전 만들어졌을 법하면서도 10년 후에 들어도 여전히 신선하게 들리는…… 그래서 2020년에 들어도 두 귀를 사로잡기에 부족함이 없다는 희한한 평가가 오간다.

나는 이 곡을 과감히 '슬퍼지려 하기 전에' COON에서 탈퇴한 유채연에게 줬다.

삭발 투혼까지 불살랐지만, 소속사의 인정을 받지 못한 비운의 가수.

왠지 음색이 닮아서였는데.

가녹음 하는 내내 자기 머리스타일을 부끄러워하는 모습을 보고 이런 마음이 들었다.

저렇게 수줍고 조용한 사람이 방송에만 나오면 마구 망가졌구나.

그만큼 절박했다는 뜻이 아니겠나?

"괜찮아요. 부끄러워 마세요. 그 머리스타일을 동경하는 여학생들이 많아요. 우리 옆 여학교도 그 때문에 삭발 금지령이 내려질 정도예요. 그러니까 당당하게 서세요."

"아……예. 죄송합니다."

COON에서 탈퇴한 이유도 어이없을 정도였다.

노래를 한 소절이라도 부를 수 있게 해 달라고 한 것뿐.

활동 내내 노래할 파트도 없고 방송에 출연해도 입 다물게 하고 정조대도 아니고 그게 사람이 할 짓인가?

아직도 여전한 저 짧은 머리가 누구 때문에 비롯된 건데.

'그냥 뭉개 버릴까?'

빵 뜨는 몇 곡만 치워도 COON은 얼마 못 가 해체될 것이다.

워워워~.

또 화가 난다.

나중 일이다. 나중 일.

지금은 녹음에만 집중하자.

"머리스타일을 더 살려 볼까 하는데 혹시 부담스러운가요?"

"제 머리를요?"

"뮤직비디오에 유채연 씨를 주인공으로 넣을까 해서요. 그런 거 있잖아요. 가발 쓰고 노래하다가 팍 벗어 던지는 파격. 강력한 걸크러시로 들어가는 거죠."

"아아…… 괜찮나요?"

주저한다.

"한국에서야 인정받지 못했지만, 외국에서는 통할 수도 있죠. 삭발한 여자들도 많은 데다 이런 면에선 관대하니까요."

"그……런가요?"

"절 믿으세요."

"알겠어요. 믿을게요. 아니, 정말 믿어요."

유채연은 한창 막막할 때였다.

그룹에서 탈퇴하자마자 하루아침에 백수가 되고 자존감이 많이 무너졌다.

그런 어느 날에 페이트의 소집을 받았다.

얼마나 떨릴까.

나도 부디 잘되길 바랐다.

그러나 잊어선 안 될 것도 있었다.

"유채연 씨는 위가 약한 스타일 같네요. 지금은 괜찮아도 10년 후부터는 반드시 매년 검사를 받으세요."

"예?"

"잊지 마세요. 10년 후부터 매년 위내시경 검사를 하시라고요. 절대 빼먹지 말고."

"아……예. 알겠습니다."

"그럼 시작할까요?"

"……예."

걱정은 안 됐다.

본래 에너지가 넘치는 사람이라.

탁월한 춤 솜씨에 표정도 다양, 깡마른 체형이나 그걸 넘어서는 비율이 있었다. 유럽에서 먹힐 뇌쇄적인 섹시미는 컨셉을 어떻게 잡느냐에 따라 달라질 테고 그도 그리 큰 노력이 필요치 않을 것 같았다.

유채연이 있는 한 아마도 카일리 미노그는 설 자리가 없지 않을까?

다섯 번째 곡은 Aqua의 Barbie Girl이었다.

댄스팝 그룹 아쿠아가 1997년 발표한 앨범 Aquarium의 수록곡으로 눈이 번쩍 뜨일 만큼 상큼함으로 가득 찬 곡이다.

아쿠아에 대해선 얘기가 살짝 길어지긴 하는데.

전신이 Joy Speed란 프로젝트 그룹으로 영화 OST 같은 장르에 참여하다가 페리호 클럽에서 노래 부르는 리네를 보곤 바로 채용, 1994년 레게 리듬이 주를 이루는 Itzy Bitzy Spider를 발표하며 이름을 등장시킨다.

물론 당연히 죽 쑨다.

하지만 리네가 가진 보컬의 위력을 확신한 이들은 아쿠아리움 포스터를 보고 그룹명도 바꿔 가며 본격적인 Bubblegum pop을 개발하기 시작했고…… 참고로 버블껌 팝은 어린이와 청소년을 위해 만든 인기 있고 낙관적인 스타일의 팝을 말한다…… 이후 Roses Are Red라는 곡을 발표, 자신들의 음악이 대중에게 통한다는 걸 확인하고 My Oh My로 완벽하게 존재감을 표출한다. 이게 1996년이다.

즉 Barbie Girl이 나오려면 몇 단계는 더 거쳐야 한다는 것.

압력밥솥에 2시간 푹 삶은 백숙처럼 안심하고 Barbie Girl

을 유채연에게 준 이유이기도 했다. 간혹 튀어나오는 남성 보컬은 수와 준 안산수에게 부탁하고.

물론 절대 잊어선 안 될 요소도 있었다.

'당신은 내 머리를 닦을 수 있어요', '내 옷을 갈아입혀 줄 수 있어요', '나를 만질 수 있어요', '여기에 키스, 갖고 놀아도 돼요' 같은 선정적이고도 논란의 소지가 있는 가사들은 대폭 수정하여 나는 바비 인형이고 바비 인형으로서의 정체성에 만족한다는 내용으로 바꿨다.

그리고 확신했다.

Barbie Girl은 원래 유채연을 위한 곡이라고.

여섯 번째 곡은 Tom Grennan의 Little Bit of Love였다.

2021년 1월에 발표된 앨범 Evering Road의 수록곡으로 톰 그레넌의 굵직하고도 허스키한 목소리가 돋보이는…… 영국식 거친 발음에 툭툭 내뱉듯 부르는 창법이 톰 그레넌이라는 독특한 남성적 매력과 뭉쳐 상당한 풍미를 선사하는 곡이라.

가히 센세이셔널이랄까.

이전까지 유럽 신세대 남성 보컬의 톱은 무조건 루이스 카발디였다면 톰 그레넌의 등장은 또 그가 가진 색감과 감성은 가히 신성의 출현과 같았고 일대 지각 변동을 일으킬 만큼 큰 충격을 주었다. 수없이 생산되는 커버 영상이 그 사실을 증명하니 나는 이 곡을 과감히 김현신에게 헌납했다.

한국형 허스키의 대명사라면 톰 그레넌과도 능히 자웅을

겨룰 수 있으리라.

역시나 엄지 척.

일곱 번째 곡은 Norah Jones의 Don't Know Why였다.

2002년에 발매한 노사 존스의 데뷔 앨범이자 동명의 앨범으로 그녀 특유의 잔잔한 보컬과 재즈풍의 분위기가 일품인 곡이었다.

이 앨범은 발매 시기가 무척 공교로웠다.

9.11 테러로 사회적인 분위기가 어수선할 때…… 그래서 그런지 가족 혹은 이웃을 잃은 미국인들의 아픈 가슴을 단번에 사로잡았고 노랫말 또한 아름다운 데다 공격적이지 않은 노라 존스의 음색이 큰 위로가 되었는지 아주 오랜 기간 사랑받았다. 상이란 상은 모두 휩쓸었고. 개인적으로도 굉장히 좋아하는 곡 중 하나라.

다만 한 가지 짚어 둘 건 Don't Know Why는 노라 존스가 처음이 아니라 1999년 발표된 앨범 Jesse Harris & The Ferdinandos에 수록된 곡이라는 점이다. 작곡가인 제시 해리스가 노라 존스를 만나면서 재녹음한 것.

물론 제시 해리스에 대해서는 크게 염려할 바가 없었다.

1995년에 들어서야 EMI 레코드와 계약, 싱어송라이터인 레베카 마틴과 함께 듀오 원스 블루를 결성하고 9곡을 발표하게 된다. 여기에 Don't Know Why는 없었고 또 이 시점이면 데뷔도 하지 못했다. Don't Know Why는 1998년 제시 해

리스가 소니 퍼블리싱과 작곡가 계약 후 토니 셔러, 팀 룬첼, 케니 울레센과 만든 밴드인 페르디난도스에서 처음 나왔으니 더더욱.

즉 이 곡이 제시 해리스의 머릿속에서 나오려면 최소 2년은 더 있어야 한다는 얘기였다.

나는 이 곡을 나윤설에게 줬다.

나윤설과의 만남도 아주 극적이었다.

김연이 내 전화를 받고 섭외하러 움직였을 때가 바로 나윤설이 프랑스의 재즈 스쿨 C.I.M으로 막 떠날 무렵이었다. 정말 간발의 차.

김연도 정말 힘들었다고 하였다.

딱히 접점이 없었고 그녀는 오필승과 인연이 깊은 뮤지컬 지하철 1호선에서 1994년 데뷔한 이래 이렇다 할 활동을 하지 않고 의류 회사에 취직, 이후 연락이 끊긴 상태라고 했다.

다시 청운의 꿈을 안고 프랑스로 가려던 그녀였건만 당시 뮤지컬을 함께했던 동료들에게 물어물어 연락처를 받아 낸 김연에 의해 내 앞에까지 왔고 나는 그런 나윤설에게 파이팅을 외쳤다.

"나윤설 씨, 한국 전통 창은 어떠세요?"

"벨칸토 창법은 할 수 있나요?"

"록 샤우팅은요?"

"스윙은요?"

다 된다.

나윤설은 안 되는 게 없었다.

노래에도 이런 재능이 다 있나 싶을 만큼 그녀는 탁월했고 그녀의 성공이 단지 우연이 아니었다는 걸 내게 보여 줬다.

보석 중의 보석. 그것도 한 가지 장르에 국한되지 않은 광대한 스펙트럼을 가진 보석.

어째서 회사에 다녔냐고 물었다.

대답도 또한 걸작이었다.

회사에 다닌 바람에 하고 싶은 게 뭔지 정확히 알았다고.

엄지 척.

"이 곡은 세심히, 아주 잔잔하게 접근해야 해요. 힘은 들어가되 세다고 느껴지지 않아야 하고 처음과 끝이 선율처럼 이어져야 해요. 호흡 조절이 관건이라는 얘기죠. 그러면서도 사람의 가슴을 따뜻하게 보듬어 줘야 하죠. 사랑하는 사람을 잃은 누군가에게 위안이 되도록 말이에요."

시키면서도 뭐가 뭔지.

이런 걸 다 해낼 사람이 있을까 염려됐지만 차근차근 해내는 그녀를 보고 있노라면 내가 꿈을 꾸나 싶기도 하고 녹음 시간이 너무나 짧게만 느껴졌다.

유학 가지 마세효 하고 잡고 싶을 만큼.

"잘했어요. 그래요. 이렇게만 연습해 오세요. 사흘 뒤에 볼게요."

여덟 번째 곡은 Coldplay의 Clocks였다.

2002년에 발표된 콜드플레이의 두 번째 정규앨범 A Rush of Blood to the Head의 수록곡으로 크리스 마틴이 록밴드 Muse로부터 영감을 받아 쓴 곡이라고 밝힌 적 있었다.

시계추가 돌아가는 듯한 피아노 리프가 인상적이며 대조와 긴박함을 주제로 한 가사가 상당한 무게감을 주는 곡으로 의심할 나위 없는 명곡이다.

나는 이 곡을 조용길에게 주었다.

조용길 정도는 되어야 존재와 시간의 막연함과 차가움을 표현할 수 있을 테니까.

원곡의 느낌과는 조금 달라졌지만, 깊이감만큼은 조용길 버전이 한 수 위였다.

아홉 번째 곡은 The Chainsmokers의 Closer(ft. Halsey)였다.

2016년에 발매된 앨범 Collage의 수록곡으로 앨범 자체가 싱글의 모음이라 그리 큰 의미는 없었다. Closer도 원래 싱글 발매된 곡이라는 얘기. 체인스모커스가 처음으로 빌보드 1위를 달성한 곡이기도 하고.

그놈의 매트리스가 뭔지…… 훔친 매트리스 하나로 이런 미친 곡이 하나 튀어나오게 될 줄 누가 알았을까. 판매고 2,000만 장에 달하며 역대 세계 싱글 음반 판매량 순위 8위에 랭크될 줄 알았다면 그놈이 바로 회귀자일 것이다.

나는 이 곡을 요새 한창 잘나가는 노이즌의 메인 보컬 홍종

군에게 주었다. 할시의 파트는 김완서에게 주고.

분위기는 살짝 달라졌어도 시너지는 뒤지지 않았다.

so good!

대망의 열 번째 곡은 Maroon 5의 Payphone(ft. Wiz Khalifa)이었다.

Maroon 5의 다섯 번째 싱글로 래퍼 위즈 칼리파가 함께했고 2012년 4월엔 Maroon 5의 네 번째 음반 Overexposed에 실리며 미국에서 500만 장 이상, 한국에서 200만 장 이상이 팔렸다.

그러니까.

Maroon 5였다.

더 무슨 말이 필요할까.

그리고 한국엔 마땅한 래퍼도 없었다.

그래서 내가 불렀다.

사람들도 한 곡쯤은 내가 부를 걸 알았는지 별말 없었다.

끝.

"끝났구나. 으아아아아~."

마무리.

사흘 뒤 지군레코드에서 다시 모인 우리는 3시간 만에 녹음을 마쳤고 약간의 보완 작업 후 뮤직비디오 콘티와 결과물을 든 지군레코드 사장은 미국으로 날아갔다. 남은 우리는 루틴처럼 남한산성 백숙집으로 슝.

렛츠코 파뤼~~!

Chapter 97

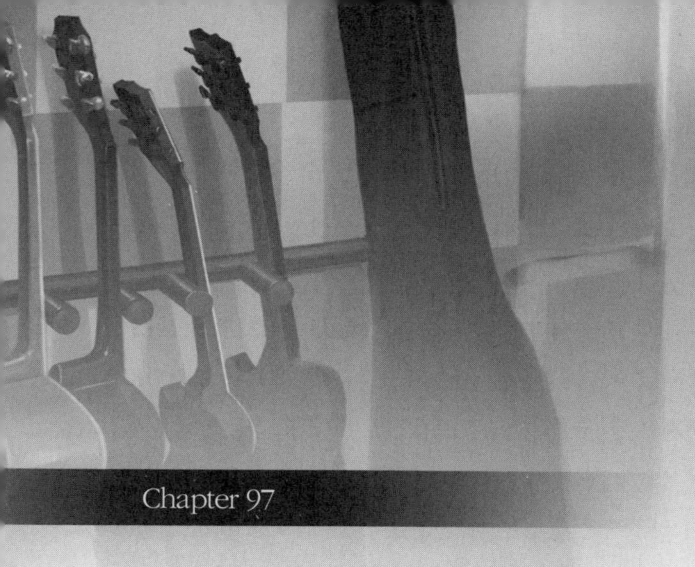

# Chapter 97

"후우…… 여기까지는 괜찮겠지?"

슬슬 앨범 내기가 버거웠다.

이 기조는 사실 6집부터 그랬다.

MIDI 음악이 보편화되며 표절이 너무나 까다로워진 것.

이전 시대 곡 작업이야 악보로 남겨 두거나 카세트 녹음한 게 전부였다지만 그래서 곡을 써 놓는 것도 활발하지 않았고 수백 곡씩 쟁여 놓는 일도 없었다.

물론 설사 누가 먼저 써 놨어도 발표순에 따라 달라지긴 하겠지만, 천의무봉만을 걷고 싶은 나에겐 이젠 하나하나가 쉬이 넘기기 어려워졌다.

"이 압박 무엇? 점점 피곤해지네."

그만둘 때가 됐나?

언제 무엇이 어떻게 튀어나올지 모를 환경은 고통과 비례할 정도였다.

그 속에서 표절 시비가 걸리는 순간 페이트란 브랜드는 탄도 미사일 부럽지 않게 추락할 것이고 또 어쩌면 그것이 표절가로서 짊어져야 할 숙명일지도 모르겠지만 비슷한 코드, 똑같은 멜로디를 쓰면서 '도'를 사용해서 다르다느니 '솔'을 사용해서 차이가 있다느니 같은 변명은 하기 싫었다. 내 본질은 표절가이고 표절이란 내가 아닌 듣는 사람이 결정하는 부분이니까.

이번 9집에 낙점된 곡 절반이 2000년대 혹은 2010년대를 지향하는 건 다 그 때문이었다.

걸릴까 봐 무서워서.

"이것이 오리지널이 아닌 한계인 건지……."

"예?"

"아니에요."

"계속해도 될까요?"

"예."

1집 100만 장.

2집 10만 장.

3집 0.

4집 30만 장.

5집 0.

6집 0.

7집 150만.

8집 100만.

총 390만 장.

매출 3,500만 달러.

94년 하반기 매출이었다.

특이한 숫자가 눈에 띄었다.

1집의 약진이야 애니메이션 라이온 킹의 흥행이 영향을 끼쳤다지만 저 8집은 갑자기 뭘까? 7집도 여전히 잘 팔리는 이유를 모르겠다.

"신기한 매출이네요."

"저도 그렇습니다만, 그럴 만도 했습니다."

"그럴 만도 했다고요?"

"7집이야 가늘고 길게 가는 앨범이라는 건 동의하실 테고요. 8집은 지난 상반기 판매가 10만 장이었죠."

"그러니까요. 왜 갑자기 100만 장으로 튄 거죠?"

"Macarena 때문입니다. 지금 남미를 중심으로 엄청난 열풍을 일으키고 있답니다."

"아~~."

Macarena가 있었다.

어쩐지 기억 속 위력에 비해 조용하다 싶더니 뒤늦게 빛을 보는 모양이다.

하긴 한번 중독되면 걷잡을 수 없는 곡이 바로 Macarena니까.

"스페인 발음에 익숙한 성악 전공 수와 준을 쓴 게 신의 한 수였던 모양입니다. Macarena를 한국인이 불렀다는 것에 남미가 놀라고 있답니다."

"초청이 오겠네요."

"안 그래도 준비 중입니다."

"율동에 대한 얘기는 없던가요?"

"아무렴요. 완서가 춘 춤을 따라 하는 이들이 넘쳐 난다고 합니다. 삼삼오오 모였다 하면 춤추기 바쁘다고요."

처음엔 왜 이런 곡이 페이트 앨범에 끼었냐고 말이 많았다.

수준 떨어진다고.

다른 곡이 너무 넘사벽이라 조용히 묻히긴 했는데 Macarena의 시대가 오는 것 같았다. 2020년대의 감성으로도 신나는 곡이 아닌가. 누군들 이 매력에서 벗어날 수 있을까. 특히나 정열의 남미라면.

"기분 좋네요. 9집 만들며 쌓였던 스트레스가 한 방에 날아갈 정도로요."

"그러신가요? 저도 좋은 소식을 전해 드릴 수 있어 기쁩니다."

"이제 홀가분한 마음으로 미국에 날아갈 수 있을 것 같아요."

"하하하하하, 그렇습니까?"

"그럼요."

"좋죠. 그럼, 부디 좋은 시간 되시길 바랍니다."

김연의 배웅과 함께 미국 LA로 슝.

늘 그러하듯 공항 출구에서 정홍식이 웃는 낯으로 맞았다.

올해 아메리칸 뮤직 어워드는 LA의 슈라인 오디토리엄에서 열린다. 지난 몇 년 내내 한 번도 옮기지 않았기에 이 장소는 내게 익숙하였고 친근하기까지 하였다.

남는 시간 우리는 서로와의 회포를 푸는 데 모두 할애했다. 같이 거리 곳곳을 돌아다녔고 '페이트 9집 : Myself 출시 임박'이라는 포스터와 플래카드도 구경하고 사진도 찍었다. 후일담인데 음원과 콘티를 전달받은 마사토 다케히로는 눈물을 흘리며 기뻐했다고.

"이제 들어갈까요?"

"좋습니다."

아메리칸 뮤직 어워드는 작년처럼 똑같은 방식으로 가장 마지막 순서에 입장하였다.

나의 팬서비스가 워낙에 독특해 다음 입장자가 곤란한 경우를 겪는 터라 아예 마지막으로 옮겼는데 아주 잘됐다. 입장 피날레를 즐기기에 아주 적합했고 환호하는 팬들 사이로 들어가 일일이 손잡아 주고 사진 찍고 사인해 주고…… 곧장 입장하기 바쁜 스타들과 다른 행보로 사람들을 열광시켰고 나의 이름을 연호하게 하였다.

꽃다발에, 미리 준비해 온 선물을 전해 주며 눈물짓는 팬들을 특별 대서비스로 안아 주기까지 하자 나의 평판은 이루 말할 수 없을 만큼 높아졌다.

1995년 1월의 마지막 날을 장식하는 아메리칸 뮤직 어워드도 나를 위한 축제가 되어 갔다.

그날 밤 호텔 방.

"후유~ 이걸 다 어떻게 합니까?"

"다 풀어 봐야죠."

꽃다발부터 가지가지 선물이 스위트룸에 흠뻑.

정홍식과 나, 백은호 셋이서 신나게 풀었다.

내 사진으로 만든 액자도 나오고 날 그린 그림도 나오고 사랑한다는 편지는 물론 순금으로 만든 펜던트도 나온다. 운동화도 있고 정장도 있고 인형에 시계, 액세서리 등 없는 게 없다.

wonderful!

정장을 꺼내 입어 보았다. 맞춤인가?

시계를 차 보았다. 정장에 딱 어울린다.

운동화를 신었다. 무거운 정장이 순식간에 캐주얼해진다.

대만족.

요리조리 거울을 보고 있는데 백은호가 손을 들었다.

"이건 CD인데요. 꼭 좀 들어 봐 달라는 말이 쓰여 있어요."

"버스킹이네. 누가 용기 냈나 봐."

"들어 볼까요?"

아직도 박스는 많았다.

신경 안 쓰고 언박싱 중 힙합식 리듬이 펼쳐지며 현재까지는 잘 나오지 않은 속사포 랩이 터져 나왔다.

뭐지? 할 정도로 빠른 랩.

호기심에 고개를 돌렸다지만.

단지 그것뿐이었다.

가만히 듣고 있다가 고개를 저었다. 전해지는 느낌도 좋지 않았다.

"꺼요."

"예."

"이제 그만하고 나갈까요? 호텔 라운지에나 가서 밤을 즐기죠."

"좋습니다."

그냥 보내기 아쉬운 LA의 밤이라.

며칠을 내리 묵으며 관광까지 하고서야 우리는 동부 뉴욕으로 날아갔다.

3월 1일에 열리는 37회 그래미 어워드가 또 슈라인 오디토리엄에서 열려 LA로 돌아가야 할 일정이라도 미국에 왔으니 우리 DG 인베스트 식구들을 만나는 건 당연한 코스였다.

나도 물론 빅보스로서 보너스 플렉스를 보여야 했고 돈 쓰는 만족감을 얻기 위해서라도 필요한 절차였으니.

직원들에게 돈 쓰는 이유는 그리 복잡하지 않았다.

어떻게든 나와 눈 한 번 마주치려는 직원들과 그걸 애써 피하는 신경전 아닌 신경전은 나에겐 1년에 한 번 할 수 있는 놀이였고 그걸 얻어 냈을 때 좋아 펄쩍펄쩍 뛰는 식구들을 보는 건 1년에 한 번 느끼는 크나큰 기쁨이었다.

역시나 이번에도 빅보스의 도착을 알리며 대축제가 열렸다.

최고급 레스토랑을 예약, 이제는 50명 규모가 된 DG 인베스트 식구 전부를 데리고 뉴욕 최고의 요리를 맛보았다.

쇼핑도 같이하고 막간 퀴즈 대회를 열어 맞춘 사람에게는 마이바흐를 선물해 줬다.

너무도 행복한 순간.

물론 일도 놓치지는 않았다. 현황과 진척 상황에 대한 브리핑은 이들의 자부심과도 연관돼 있으니.

배고픈 기업 사냥꾼답게 될 성싶은 떡잎을 챙기는 그런 즐거움 말이다.

정홍식이 근엄한 표정으로 시작했다.

"야후의 성장은 가히 폭발적입니다. 미국 서부를 장악했고 올해 동부마저 점령할 것 같습니다. 원래 내년 정도 나스닥에 상장할까 했는데 이런 성장세라면 올해 발을 디뎌도 될 것 같습니다."

"그런가요?"

"우리 DG 인베스트가 뒤에 있지 않습니까? 서버 증설부터 완벽하게 진행되고 있어 상장이 가시권이라는 평가를 받는 중입니다."

"우리 지분은 어떻게 되죠?"

"추가 투자금 500만 달러가 들어가며 35%까지 늘었습니다."

"잘됐군요."

좋은 일이다.

하지만 IT 버블 전에 팔아 버릴 지분이라 크게 마음 가지는 않았다.

스쳐 갈 인연.

고개를 끄덕이자 만족한 정홍식이 다음 타깃을 꺼냈다.

"이번에 스타트 기업을 하나 발굴했는데요. 거기에 대한 얘기를 해 볼까 합니다."

"스타트 기업을 발굴했다고요?"

"스탠퍼드 출신자들이 93년에 설립한 회사로 이름이 엔비디아라고 합니다. 이 회사도 스탠퍼드 네트워크를 통해 알게 됐습니다."

"……!"

엔비디아란다. GPU 하나로 훗날 오성전자보다 더 커질 회사.

"말씀을 꺼내긴 했지만, 협상이 그리 신통치는 않았습니다. 올해 NV1이라는 그래픽 칩셋이 출시된다며 자신감을 보이기 때문인데요. 그래도 주목해야 할 이유는 전에 총괄님께서 말씀하신 대로 컴퓨터의 수요가 심상치 않기 때문입니다. 마이크로소프트사의 지분을 15%나 가져온 게 신의 한 수로 느껴질 만큼요."

"그렇겠죠. 컴퓨터는 이제 떼려야 뗄 수 없는 가전이니까요. 그나저나 그래픽 칩셋이라. 구미가 당기긴 하는데요."

"저도 그렇습니다. GUI 소송 건도 결국 그래픽 싸움이 아니었습니까? 그런 차에 그래픽 칩셋 전문 회사라면 성장 가능성이 아주 높을 것 같다는 판단이 들었습니다."

"좋은 판단이십니다."

"다행이군요."

"다만."

"아, 예."

"지금은 접촉하지 마세요. 열어도 먹을 것이 없고 열어 봤자 불리한 옵션들만 나열될 겁니다."

"……아, 예."

엔비디아가 95년 자신 있게 출시하는 NV1는 폭망한다. 저조한 성능 대비 비싼 가격에, 전용 API를 고수하는 바람에 시장의 외면을 받는다.

"하지만 내년이라면 얘기가 다르겠죠. 올해 말에서부터 내년 초에 본격적으로 타진해 보세요. 모름지기 협상은 상대가 어려울 때 해야 하는 법이 아니겠습니까?"

"어…… 그럼, 총괄님은 NV1의 실패를 점치시는군요."

"기술자 출신 CEO의 한계를 아는 거죠."

"시장을 모른다는 말씀입니까?"

"머리로만 아는 건 빈틈이 많죠. 아마도 처참하게 박살 날 겁니다. 그때 가셔서 도저히 거부할 수 없는 금액을 던져 주세요. 냉큼 달려오게.”

“그게 올 말부터 내년 초라는 거군요. 알겠습니다. 예의 주시하고 있다가 낚아채겠습니다.”

마지막 대답은 하지 않았지만, 굳이 필요 없었다.

정홍식은 엔비디아의 성공을 확신했고 반드시 잡아 올 것이다.

참고로 엔비디아는 1997년 RIVA 128을 출시하며 크게 히트친다. RIVA 128 하나로 전 세계에 이름을 알렸고 1998년 RIVA TNT, 1999년 RIVA TNT2 제품군을 연달아 히트시키며 완벽하게 자리 잡는다. 이후 경쟁사이자 Voodoo서리즈로 유명한 3dfx를 제치고 2000년에는 3dfx의 지적 재산권마저 인수, 완전히 파산시켜 버릴 만큼 커진다.

물론 일하는 꼴이 더럽기로 유명하다지만, 알게 뭔가. 돈만 잘 벌면 되지.

코로나 펜데믹에도 시가 총액 3,000억 달러를 돌파하며 독립형 GPU 리테일 시장 점유율, 자율 주행 자동차 부분에서 1위를 차지할 회사가 내 손에서 아른거렸다.

‘넌 내 거야.’

미국에서의 일이 꼭 좋은 것만은 아니었다.

휘트니에 대한 불씨는 여전히 남아 있었고 내가 아메리칸 뮤직 어워드를 시작으로 활동을 시작하자마자 보란 듯이 날아와 비수를 날렸다.

"예? 뭐라고요?"

"이것 보십시오. 한동안 잠잠하던 기사가 또 떴습니다."

신문을 몇 개 늘어놓는다.

보니까.

어이없는 수준의 기사가 나와 있었다.

【페이트 아메리칸 뮤직 어워드 참가 자격에 대한 재고. 페이트의 참가, 과연 옳은 일인가?】

【상업성만이 남은 가요계. 우리 사회에 더는 인성이 중요치 않은가?】

【페이트 인성 문제는 한국에서도 논란 중】

【페이트, 지위 남용. 신인 가수에게 은퇴 종용한 이유? 화난 한국 팬심】

【페이트 막말 어디까지? 초반 겸손은 사라졌는가?】

【페이트 주변인과 인터뷰. 그는 진정 악마였다】

【행복한 휘트니 부부. 당시 페이트는 휘트니를 어떤 눈으로 보았던가?】

【충격! 페이트, 휘트니를 스토커하다】

【휘트니 남편과의 인터뷰. 페이트는 휘트니에게 모욕을 줬다】

【그는 진정 악마의 대변인인가? 페이트를 파헤치다】

한창 9집이 깔리는 중인데.

선발매만 500만 장. 뮤직비디오도 제작 중이다.

이런 와중에 방송과 신문에서 나를 까 대기 시작한다.

처음엔 어이가 없었지만.

계속 보다 보니 나도 어느새 내가 나쁜 놈 같았다.

"악재네요."

악재도 이런 악재가 없을 것이다.

"총괄님."

"가만히 있으니 제가 가마니로 보이나 봐요."

"……."

"큼큼, 자료는 잘 모으고 계시죠?"

"그렇습니다. 신문지면이고 잡지고 죄다 사서 보관 중이고요. 방송도 녹화하고 있습니다."

"하나도 빠짐없이 가지고 계세요. 때가 오면 누구의 눈에서 피눈물을 흘리게 되는지 두고 볼 거예요."

"저도 그때만 기다리고 있겠습니다. 감히 우리 총괄님을 음해하다니. 당장 움직이고 싶은 마음이 굴뚝이지만 총괄님만 믿고 참는 중입니다."

"맞아요. 어설프게 나섰다간 오히려 경계만 살 거예요. 지금은 참을 때죠. 하지만 언제나 그렇듯 누린 것에 대한 대가는 돌아오게 마련입니다. 전 그때를 기다리겠어요."

"DG 인베스트 식구들에게도 다시 한번 주지시켜 놓겠습니다."

"고마워요."

"아닙니다. 전혀 아닙니다."

"바람이나 쐬러 갈까요? 답답한데."

나름대로 통쾌한 복수를 다짐했다지만.

아프고 쓰렸다.

선빵을 맞았고 또 맞은 건 어떻게 해도 맞은 것이다.

이런 심정으로는 옳게 쉴 수가 없었다.

정홍식과 함께 거리로 나섰다.

호텔 문을 나서자마자 차가운 뉴욕의 바람이 훅 얼굴을 파때렸다.

정신이 번쩍.

돌아갈까?

아니다.

기분이 가벼워지는 것 같다.

"좀 차갑긴 한데 그냥 걸을까요? 왠지 그러고 싶은데."

"저는 좋습니다."

백은호가 차를 가져왔음에도 걸었다. 백은호도 천천히 우리 옆으로 차를 몰며 보조를 맞췄다.

365일 공사에 시도 때도 없이 막히는 뉴욕 중심가 도로가 오늘만큼은 희한하게도 한산했고 내 마음을 아는지 아니면 나를 위로해 주려는지 지나다니는 차도 적었다. 사람도 적당히 돌아다니고.

얼마나 걸었을까.

코끝이 빨갛게 얼어붙을 즈음 어느 카페 앞에 섰다. 백은호는 눈치도 좋게 차를 옆에 댔다.

"차나 한잔하실까요? 더 갔다간 감기 걸릴 것 같은데."

"더 걷지 않으시렵니까?"

"어느 정도 안개가 사라진 것 같아요."

"그렇군요. 저도 총괄님과 걸으니 좋았습니다."

"우리 이제 따뜻한 커피로 몸을 녹이죠."

"좋죠. 따라오느라 고생한 백 팀장도 좀 쉬게요."

"그래요."

막 들어가려는데.

"어! 페이트잖아. 헤이, 페이트!"

누가 부른다.

"……?"

돌아봤더니 흑인 애들 여럿이 다가오고 있었다.

깜짝 놀란 백은호가 앞을 막아섰더니 불순한 용무는 아닌지 더 다가오지 않고 멈춰서는 내게 이런 말을 던졌다.

"페이트, 왜 연락을 안 줘? 연락처 남겨 놨는데."

"으응? 뭘?"

"내가 직접 페이트 손에 넘겨줬잖아. 내 앨범 들어 보라고."

무슨 소린가 했다.

"아메리칸 뮤직 어워드. 나 기억 안 나? 그때 손에 쥐여 주며 말했잖아. 듣고 꼭 연락 달라고."

"그 CD를 말하는 것 같습니다. 총괄님."

정홍식이 힌트를 주고 나서야 낯이 익은 것 같기도 하고.

그나저나 지가 말하면 내가 다 들어야 하는 건가?

"아아~ 네가 나한테 그 CD를 준 거야?"

"맞아. 내가 직접 LA까지 날아가서 줬어. 내 이름은 JAY-ON이야. CD 들어 봤어?"

"들어 봤지."

"거봐. 페이트는 들을 거라 했잖아. 하하하하하하."

옆 친구들과 좋다고 주먹 인사하고 웃는다.

그들 옆에는 낡은 트럭이 한 대 서 있었는데 거기에 똑같이 포장된 CD가 널려 있었다. 10달러라는 판때기가 붙은 걸 보니 트럭에서 판매하는 모양.

그런데,

"어, 얘가 왜 여기에 있어?"

순간 잘못 본 줄 알았다.

아니, 잘못 본 게 맞았다. 내가 원역사에서 처음 본 그는 이렇게 순하고 아무것도 없게 생기지 않았으니까.

수염도 없고 옷도 낡고 무엇보다 너무 어렸다.

백은호 라인을 넘어 흑인들에게 다가갔다. 움찔대는 JAY-ON이라는 남자를 지나 그의 앞에 섰다.

"너도 내가 들은 CD에서 랩 했어?"

"어? 어, 그래."

"어느 파트야?"

"The Originator의 후반부야."

속사포 랩.

"에이, 그거 잘못 배웠어."

"으응?"

"그런 식으로 힙합 하면 안 돼. 제대로 된 힙합을 하고 싶으면 한국으로 찾아와. 너만."

"뭐?"

놔둬도 성공할 위인이나.

미끼를 던져 본다.

내 앞, 어설픈 애송이 같은 청년이 앞으로 역사상 최고의 래퍼 논쟁에 절대 빠질 수 없는 인물이며 사업가로도 어마어마하게 성공한…… 섹시 디바 비욘셴을 얻으며 인생의 승리자마저 된 남자인 줄 아는 이는 나 말고 아무도 없었다.

JAY-ZIN이었다.

단명하는 비기의 뒤를 이을 동부 힙합, 뉴욕의 왕.

몸이 후끈 달아올랐다.

카페에 들어가고픈 마음이 싹 사라졌다.

더 질질 끌지 않고 헤어졌고 차를 타고 슝.

괜히 뉴욕 시가지나 한 바퀴 돌다 호텔로 돌아왔다.

JAY-ZIN 표 항마력이 생겼는지 노골적으로 악평인 기사를 보고서도 이젠 아무렇지 않았다. 그렇게 대충 은둔 생활을 하다 LA로 날아갔다. 37회 그래미 어워드가 열리는 슈라인 오디토리엄으로.

우려와는 달리 아메리칸 뮤직 어워드 이상으로 엄청난 환호를 받았다. 그 환호에, 넘실대는 기운의 물결에 몸을 맡기자 그나마 찌꺼기처럼 남아 있던 앙금도 날아가 버리는 걸 느꼈다.

나는 몸을 최대한 펼쳐 그 기운을 받았다.

이곳 LA로 넘어오다 마사토 다케히로로부터 이런 소식을 들었다. 악성 기사가 오히려 노이즈 마케팅이 됐는지 선발매된 500만 장이 빠르게 소진되고 있다고.

나만 괜찮으면 된다고.

'하나도 안 아프다.'

확신이 들었다.

나는 성벽처럼 굳건하다.

나는 주춧돌처럼 견고하다.

나는 산 중턱에 박힌 옹골찬 천년바위가 되었다.

그 힘을 받아 한 명, 한 명 손잡아 주고 안아 주고 사인해 주고 사진 찍어 줬다. 팬들도 자극받은 건지 내가 한 발씩 걸을 때마다 레드카펫 위로 민들레를 뿌렸다.

의미는 같았다.

우리는 굳건하다.

우리는 견고하다.

우리는 산 중턱에 박힌 옹골찬 천년바위다.

굳이 말로 표현할 필요 없다.

즈려밟으라 던지는 민들레를 위로 당당히 나아갔다. 그들을 향해 환히 웃어 주었다.

"꺄아아아아악!"

"페이트!"

"페이트!"

"페이트!"

"페이트!"

"페이트!"

더, 더, 더 불러라.

내 가슴을 충만케 하라.

에너지 게이지가 만땅이 되었다. 기름을 가득 채운 자동차 같이 출발 신호만 기다렸다.

그래미 어워드란 화려한 축제 속 일부분에 놓여 있었지만.

아무래도 좋았다.

나는 이미 보상받았다.

나는 이미 이겨 냈다.

각 부문 후보에 끼지 못해도 좋다.

나는 이미 보상받았다.

나는 이미 이겨 냈다.

그런데 공교롭게도 나는 또 무대에서 내 이름을 불러야 했다.

"Song of the Year는 바로 페이트, Street of Philadelphia입니다."

작년 Song of the Year 수상자로서 시상하러 나왔다가 또 수상해 버린 것.

그리고,

"Record of the Year도 페이트, Don't Look Back In Anger입니다. 죄송합니다. 제가 또 수상하게 됐네요."

Record of the Year마저 수상.

이쯤 되자 앨범을 발매하지 않았음에도 내가 또 Album of the Year를 수상하지 않을까 기대하는 사람들이 생겼다. 페이트라면 그런 일이 벌어질 수도 있겠다고.

하지만 애석하게도 Album of the Year는 토니 베넷이라는 가수가 1994년에 발표한 라이브 앨범 MTV Unplugged에게 돌아갔다.

감격하는 토니 베넷을 안아 주고 그의 손을 높이 들어 올렸다.

모든 식순을 끝내고 언론과의 인터뷰 석상에 올랐다.

격식 있는 자리라 그런지 모인 대부분이 연속 수상이라는 측면을 강조하며 소감 정도를 물었지만 역시나 튀는 놈은 이

곳에도 있었고 걱정했던 질문이 나왔다.

"일각에서는 휘트니의 불행을 원했다는 얘기도 나오는데, 그것에 대해서는 어떻게 생각하십니까?"

실제 그 기사가 있는 신문까지 꺼내 보이며 내 반박을 기다리는 기자였다.

기가 찼지만, 답변은 해 줬다.

"참으로 애석할 따름이네요. 제가 이번에 미국으로 오면서 느낀 건데, 미국 언론은 남의 불행을 너무나 즐기는 것 같아요. 이유도 증거도 사명감도 중요하지 않나 봐요. 그저 남의 불행을 이야기하는 데 만족해요. 누군가는 또 제가 악마라고도 하더라고요. 제 어디에 뿔이 났나요?"

"그건 제가……."

"아무리 살펴봐도 저는 거기 어디에도 없더라고요. 누군가가 만들어 놓은…… 아마도 언론이겠죠? 누군가 만들어 놓은 이미지만 잔뜩 있더라고요. 도대체 누굴 보고 그런 기사를 실는지 모르겠어요. 아니, 이젠 제가 물어보고 싶네요. 기자님은 절 보고 계신 게 맞나요? 누가 만들어 놓은 이미지에 갇혀 있는 건 아니신가요? 아니면 자기 욕망에 충실하신가요?"

"제가 질문한 건……."

"이상해요. 어째서 개인적으로 조언한 사실을 2년이나 붙들고 계시는 건지. 제 조언에 때문에 미국이 국가 전복 사태까지 간 건가요? 저를 붙들면 시청률이나 신문 판매고가 상승하는 건가요?"

"아니, 그런 얘기가 아니라……."

"당부드립니다. 지금에라도 멈추길 바랍니다. 여러분이 이러는 건 오히려 휘트니에게 악재예요. 저야 제 마음대로 떠든 일 때문에 이런 일에 휘말렸다지만 그녀는 이런 악의적인 스캔들에 당할 이유가 없잖아요. 그리고 누군지 모르겠지만, 뒤에서 너무 웃고 계시지 마세요. 모든 일엔 반드시 대가가 따른답니다. 저는 그 사실을 너무나 잘 알고 있기에 감수하는 거고요. 아무튼 그 사람이 불쌍해지네요. 자, 이제 인터뷰를 마치겠습니다."

최대한 순화한다고 순화한 건데도 다음 날 뉴스엔 이런 헤드라인이 떴다.

【페이트, 언론을 공격하다】

【언론 기자 협회장, 페이트의 발언에 심히 유감을 표하다】

【페이트, 신성한 언론의 자유마저 침해하다. 그의 진정한 꿍꿍이는 뭔가?】

【페이트, 미국 국가 전복 사태를 예견하다. 그가 원하는 건 미국의 멸망인가?】

【사과 없는 페이트. 그 오만의 원천은 대체 무엇인가?】

【악의적인 스캔들? 오늘 밤 페이트 스캔들에 대한 진실을 파헤쳐 본다】

【음모론을 펼치다. 본질을 보지 못하는 페이트】

신났다.

슬쩍 건드려 주니 좋아라 하며 이빨 까기 바쁘다.

다음 날도, 그다음 날도, 시간이 갈수록 입에 담을 수도 없는 막말로 도배됐다.

젠장.

그러나 나도 방법이 없었다.

개인 간 분쟁에도 소리 큰 사람이 유리하듯 언론이 물려고 마음먹는 순간 개인은 당할 수밖에 없는 구조였다. 맞선다 한들 저 승냥이들이 내 입을 대변할 리도 만무하고.

학교 개학도 있어 급히 한국으로 돌아왔지만, 왠지 진 것 같은 기분이라 씁쓸했다.

반면 이 일을 더 반기는 사람도 있었다.

소니 뮤직 마사토 다케히로.

선발매 500만 장이 그새 다 팔렸단다. 다시 500만 장을 찍는다고. 욕심 같아서는 내가 한 번 더 언론을 자극해 줬으면 좋겠다는 막말을 해 댔다. 이런 판매 속도는 자기 인생에서도 처음 겪는다며.

어찌 된 건지 언론에서 난리를 펼수록 음반이 잘 팔린다나 뭐라나.

나도 고개를 갸웃.

왜 이러지?

잘 팔린다는데 무슨 불만이겠냐마는 희한하긴 했다.

한쪽에선 겁나 까 대고 한쪽에선 돈쭐 내 주고. 한 달 늦게 출시된 뮤직비디오마저도 불티나게 팔린단다. 페이트 앨범 사상 역대급 판매고가 예상된다고 죄다 호들갑을 떤다.

“에고, 모르겠다. 뭐 노래는 하나같이 좋으니까. 쩝.”

“예?”

“아니에요.”

“계속해도 됩니까?”

“그럼요.”

“안 계신 동안 박미견의 ‘이유 같지 않은 이유’가 총괄님 예상대로 터졌습니다. 2월을 혼자 독식했고요. 지금은 박진연의 ‘날 떠나지 마’가 1위를 차지하고 있습니다. 그 뒤로 김건몬의 ‘잘못된 만남’이 맹렬히 추격하고 있고요.”

“오오, 미견이 누나가 1등 했네요. 그때 어땠어요?”

“말도 못 했죠. 울고불고. 안 그래도 자기 1위 하는 모습을 총괄님에게 보여 줘야 한다고 얼마나 기다렸는지 아십니까? 골든컵을 눈앞에서 놓쳐서 또 울었고요.”

“하하하하하, 그래도 다행이네요. 1등 했잖아요. 또 1등 할 거예요. 이번엔 골든컵도 타야죠. 올해가 전성기예요. 최대한 밀어주세요.”

“아…… 미견이의 전성기가 올해였군요. 진석이가 2집까지였던 것처럼요."

김연이 멈칫.

나도 굳이 부인하지 않았다.

"이런 건 방법이 없어요. 억지로 늘린다고 해도 결국 당겨 쓰는 꼴밖에 되지 않으니까요."

"……당겨쓴다는 건 혹시 미래의 것을 말씀하시는 겁니까?"

"타고난 총량이 그렇다는 거죠. 본인은 그렇지 않다 여길지라도 한계는 있죠. 사실 연예인은 일반인들에 비해 엄청난 수준을 타고난 거죠."

"그……렇군요. 총괄님은 그런 것도 보시는 겁니까?"

"대략이요."

"그렇군요. 이제야 이해됩니다."

"뭐가요?"

"그동안 가수들에게 하셨던 행동이요."

"……?"

"진석이도 그렇고 별국화도 그렇고 남전이도 그렇고 성순이도 그렇고 문셈이도 그렇고 다른 소속사라면 붙잡고 매달릴 가수라도 총괄님은 어느 순간 유독 담담하게 대하셨으니까요. 전 여태까지 그걸 한 명의 아티스트로 인정하고 놔주시는 거라 생각했습니다."

"그것도 있어요. 어느 정도 성장했다면 자기 색을 펼쳐 봐야겠죠."

"이미 아셨지 않습니까? 그들이 실패할 걸."

"그것도 맞아요."

그래서 무엇이 문제냐는 눈으로 봐 주었다.

김연도 수긍했다.

스타가 됐으니 문제가 없고 자기 스스로 무언가를 하다가 망했으니 이도 문제가 없다. 지금도 가요계 언저리에는 그 스타가 한번 되고 싶어 날뛰는 부나방들이 넘쳐 난다.

"……하긴 이게 귀띔해 줄 영역은 아니로군요."

"오필승을 만나 가진 재능을 다 펼쳤으면 된 거죠. 그걸 어떻게 잘 유지하느냐는 전적으로 본인들 역량에 달렸고요."

"옳습니다. 제가 잠시 착각하였습니다. 우신실이 경우처럼 총괄님은 처음부터 스타가 될지 알고 계셨군요."

우신실을 처음 만났을 때 이것과 비슷한 얘기를 하긴 했다.

"실장님에게는 늘 숨기지 않고 얘기했죠."

"맞습니다. 제가 듣고도 받아들이지 못했습니다. 그게 맞습니다."

"스타는 타고나는 거예요. 아닌 이들은 백날 덤벼도 안 돼요. 간혹 늦게 뜨는 별도 결국 스타성이 있었다는 거고요. 이 세계는 결국 재능 싸움이잖아요."

"그런 면에서 10년 넘게 독보적 1위를 유지하시는 총괄님은 가히 언터처블이시고요."

"아니요. 세상에 영원한 건 없어요. 저도 언젠간 작업이 끝나는 날이 오겠죠."

"그런가요?"

믿지 않는 눈치다.

"와요. 그런 날이 오면 제일 먼저 얘기해 드릴게요. 일단 오늘은 아니고요."

"하하하하, 알겠습니다. 그럼 저는 그날이 안 오길 바라야겠군요."

"와도 상관없어요. 삶은 계속되잖아요."

"그렇죠. 삶은 계속되어야겠죠."

왠지 뒷맛이 쓴 대화였으나 틀린 건 하나도 없었다.

'내 시작이 언제였던가?'

떠올리려 해 보았다.

아주 어린 아이가 보였고…… 하지만 이상하게도 가물가물한 느낌이 강했다. 기억은 사진처럼 선명한데 왠지 와닿지 않는다고 해야 하나?

그때만 해도 나는 쓸 곡이 무궁무진하다고 생각했다. 곡도 넘쳐 나고 시간도 널렸고 모두를 한 입 거리로 생각했건만.

1995년을 달리는 지금의 나는 오히려 그것 때문에 압박받고 있었다.

너무 높이 올라가 버려서 그런가?

추락이 두려웠다.

그럴 바엔 스스로 내려오는 게 좋겠지.

그 시기가 다가옴이 아쉬웠지만 괜찮다고 생각했다.

그때는 또 그때답게 할 일이 있을 것이다.

◇ ◆ ◇

가히 브레이크 없는 머신처럼 질주하는 '잘못된 만남'이었다.

발매된 지 두 달 만에 1등을 찍더니 어느새 180만 장을 넘겨 더 높은 곳으로 치닫고 있었다.

나는 일이 이렇게 될지 알고 있었고 실제로 카운트하는 김연을 보고 있음에도 놀라웠다.

과연 김건몬 3집.

단일 앨범 국내 최단기간 최다 음반 판매량 기네스북에 등재될 앨범다웠다.

"어마어마합니다. 우리나라도 이런 판매고가 나올 수 있군요."

"시장이 그만큼 커졌다는 거죠. 다른 가수들의 앨범도 만만찮을 텐데."

"그렇긴 하지만 건몬이는 가히 독보적입니다. 이런 추세라면 200만 장은 가볍게 넘길 겁니다."

"축하드려요."

"제가 왜 축하를 받습니까? 총괄님 곡인데요."

"앨범을 완성시키셨잖아요."

"그럼 우리나라에 축하드려야겠네요. 불후의 명곡을 얻었으니까요. 하하하하하하."

"그런가요? 하하하하하하."

"근데 9집 소식은 들으셨습니까?"

"들어올 때 말고는 없어요."

"지금 1,500만 장에 육박했다고 합니다. 올해 안에 3,000만 장을 본다고 소니 뮤직이 총력을 다한다고 합니다."

"그래요?"

"감흥이 없으시군요. 하긴 이러시니 200만 장이 눈에 들어오나요. 하하하하하하."

"그런 뜻이 아닌데. 죄송해요."

"이젠 그 사과마저 오만하게 보입니다. 하하하하하하."

"이런……."

기분 좋아지고 있는데 김연이 갑자기 정색한 얼굴을 내밀었다.

"근데 이제 고3 아닙니까?"

"그……렇죠."

"적어도 올해만큼은 공부에 전념해야 하는 게 아니십니까?"

"공부요? 아~."

"예."

"그거야 늘 하던 대로 하면 되잖아요."

"하던 대로요? 남들은 사당오락이니 뭐니 하며 코피 흘리며 공부하는데요?"

"일반인이니까요."

"……."

내 대답이 너무 심했나?

김연이 울컥한다.

"왜 그런 표정이세요?"

"부정할 수 없는 제가 싫어서입니다."

"차이는 어쩔 수 없는 문제잖아요. 그래도 기특하지 않나요? 이 같은 재능을 올바른 데 쓰잖아요. 악당처럼 안 살고요."

"하긴 영화를 보다 보면 천재적인 범죄자도 있으니 총괄님 말씀이 옳기도 합니다. 다만 심정적으로는 반기를 들고 싶네요."

"이도 어쩔 수 없는 문제겠죠. 시기와 질투는 재능 있는 자가 짊어져야 할 숙명이니까요."

"허……."

≪이번 주 신곡입니다. '100일째 만남', '비밀은 없어'의 룰랄이 흥겨운 레게 리듬으로 새롭게 돌아왔습니다. '날개 잃은 천사'입니다.≫

라디오에서 반가운 노래가 흘러나왔다.

역사대로 멤버가 바뀌었다. 진짜 무대였다면 새까맣게 태운 채리라가 가운데 껴서 춤추고 있겠지?

오랜만에 추억 돋는 노래라 귀를 기울였다.

김연도 반가운지 칭찬을 해 댔다.

“오오, 얘네가 또 나왔네요. 신통하지 않습니까? 이놈들 처음 봤을 때만 해도 이렇게까지 뜰 줄 몰랐습니다. 꼭 비루먹은 망아지 같았거든요.”

“……!”

하지만 나는 김연의 말에 전혀 집중할 수가 없었다.

너무 거슬렸다.

“신인 가수라고 인사 왔을 때만 해도 눈앞이 깜깜했는데 이제는 인기 가수가 돼 있네요. 노래방에서도 아주 인기라고 합니다.”

“…….”

“총괄님?”

“하아…….”

차라리 듣지 않았으면 어땠을까.

어째서 내 추억의 곡들은 하나같이 이 모양인 건지.

귀는 여전히 즐거웠다.

룰랄 최대의 히트곡답게 사람의 흥을 일으키는 마력이 있고 귀에도 쏙쏙 들어온다.

그러나 표절.

그것도 명백한 표절이다.

“이것도 베낀 모양인데요.”

"예?"

"두 곡을 교묘하게 합성했어요."

"뭐라고요?!"

Shaggy의 1993년 작 Oh Carolina와 US3의 1993년 작인 Tukka Yoot's Riddim이라는 곡에서 가져왔다.

"작곡가가 뻔뻔하네요. 리메이크 권리를 사지 않았다면 100%예요."

"정말이십니까?"

"찾아보세요. 금방 알아들을 거예요."

"허어…… 또 이런 일이 벌어졌네요."

"우리 가요계의 스펙트럼이 넓지 않다는 방증이겠죠. 잊을 만하면 나타나서 대중을 기만하네요."

"이거 어떻게 해야 합니까?"

"룰랄 소속사에 먼저 알려 주세요. 서둘러 리메이크 판권을 사라고요."

"그렇군요. 빨리 움직인다면 아직 한 번의 기회는 쓸 수 있겠어요."

"그렇죠."

"전의 태진보이스야 하필 밀리 바닐리의 곡을 가져온 것도 있고…… 방송에서 말해 버렸으니까 어쩔 수 없었죠."

스읔 쳐다본다.

나도 사실 그날을 되돌리고 싶다.

"……예."

"룰랄은 구제 가능하겠습니다. 아무도 없는 곳에서 알았으니 참으로 다행입니다. 알겠습니다. 제가 빨리 움직이겠습니다."

김연은 즉시 룰랄 음반사로 찾아갔고 그날 한바탕 난리가 났다고 한다.

들고 간 음원을 직접 들은 사장이 길길이 날뛰며 작곡가를 소환, 마구 따귀를 날려 댔다고.

죽여 버린다는 걸 겨우 뜯어말리고 소니 뮤직 인맥을 동원해 Shaggy와 US3 소속사와 접촉, 리메이크 판권을 사 왔다. 표절한 작곡가는 매장 및 고소각.

이 일로 룰랄 소속사는 막심한 손해를 봤다. 이미 깔리고 마구 찍어 대던 CD 공장을 멈추고 수정해야 했으니.

다만 공연 윤리 위원회가 먼저 움직이지 않았기에 앨범 자체가 판매 금지돼 수거되는 꼴은 면했다. 룰랄 소속사 사장은 바로 찾아와 감사의 인사를 전했다. 덕분에 살았다고.

나도 괜찮을 거라 말해 줬다. 노래가 훌륭해 150만 장은 넘길 것 같다고.

입이 찢어진 사장은 돌아갔고 룰랄은 예상대로 고공 행진에 돌입했다.

그즈음 미국에서 연락이 왔다.

[총괄님, 80엔 선이 깨졌습니다.]

"오오, 그런가요?"

[어제부로 내려앉았습니다.]

“드디어 때가 왔군요.”

이 날만을 기다렸다.

89년 말에서 90년 중후반까지 이어진 닛케이의 추락, 그 속 옵션 장사에서 번 돈이 아직까지 일본 은행에 묻혀 있었다. 이자나 받으며.

“얼마나 되죠?”

[풋옵션 최종 금액 1조 5,588억 엔에 지난 5년간 이자 포함, 1조 9,483억 엔과 91년 2월까지의 콜옵션 최종 금액 3,757억 엔에 지난 4년간 이자 포함, 4,505억 엔으로 총합 2조 3,988억 엔이 있습니다.]

가만히 있어 보자.

내 호주머니에 2조 3,988억 엔이란 돈이 있단다.

이걸 어떻게 굴려야 가장 효율적일까?

원달러 환율이 750원.

엔달러 환율이 80엔.

원엔 환율이 900원.

목적지가 달러라면 어느 길을 타는 게 가장 유리할까 계산기를 두드려 보았다.

우선 원화로 바꾼다면?

2조 3,988억 엔 곱하기 9.

21조 5,892억 원.

끝내주는 숫자가 나온다.

이걸 다시 달러로 환전한다면?

269억 8,650만 달러.

'후아…….'

수수료도 있고 왔다 갔다 귀찮으니 바로 달러로 환전한다면?

287억 8,500만 달러.

'엄청나네.'

사실 옮기는 것도 엄청난 작업이었다.

1, 2억 달러도 아니고 이 큰 금액이 한꺼번에 이동한다면 틀림없이 주위의 시선을 끌 것이고 그동안 세계의 눈에 띄지 않겠다는 DG 인베스트의 정책 기조와도 정면 배치된다. 또 일본산 이자도 쏠쏠해서 아까웠다.

아닌가? 지금은 돈보단 실력과 힘을 보일 때인가?

어쩌면 그동안 너무 저평가를 유도한 건 아닌지.

DG 인베스트의 자산이 얼마인데 무시당할까.

슬슬 나의 포지션에 대한 미국의 인식을 변화시켜 줄 때가 된 것 같기도 했다.

"그거 이번 달까지 전부 달러로 환전해 주세요."

[전부 말입니까?!]

깜짝 놀란다.

"이참에 주거래 은행인 씨티은행과 접촉해 보시는 것도 좋겠네요. 우리가 굴리는 돈에 비해 너무 대접을 못 받는 느낌이네요. 주거래 은행이면 주거래 은행답게 혜택을 내놓아야죠."

[그런 의도라면 JP모건이나 BoA 같은 곳과도 접촉해 봐야겠습니다. 모름지기 경쟁자가 많아야 경매에도 불이 붙지 않겠습니까?]

"수수료와 대출 부분에 특히 신경 써 주세요. 대출 같은 경우는 5년 이상 장기 쪽으로만 말이죠."

[……대출이 필요하십니까?]

"아직은 필요 없어요."

[알겠습니다. 수수료 외 이자, 대출, 환전 전부를 통틀어 가장 좋은 조건을 가져오는 금융사와 계약을 맺겠습니다.]

"감사해요."

새 둥지를 찾는 건 어렵지 않았다.

자그마치 2조 3,988억 엔이라는 거금이 움직인다. 1984년부터 쌓아 왔던 DG 인베스트의 자산이 꿈틀대기 시작했다.

실태를 파악한 은행들은 즉각 각축전을 벌였고 알토란 같은 거래처를 다른 곳에 빼앗길 수 없었던 씨티은행은 더더욱 강렬한 패를 내놓았다. 이사회 총재마저 튀어나와 협상을 벌일 만큼.

결국 씨티은행의 손을 들어 준 DG 인베스트는 이번 일로 미국 금융 사회의 주목을 받는다.

고작 50여 명의 인원으로는 절대로 나올 수 없는 운용액과 자금력, 또 믿기 어려운 자산 상태였으니.

물론 저들에 비해서는 여전히 조족지혈에 불과하다지만 문제는 DG 인베스트의 연혁이 겨우 10년 남짓밖에 되지 않았다는 점이다.

세계사를 보더라도 유례가 없을 성장 속도.

더구나 97%나 가진 대주주가 페이트란 사실에 금융은 물론 정계까지 발칵 뒤집혔다. 무디스 같은 신용 평가사들이 하나같이 AAA 등급을 매기며 일약 스타덤에 올린 것도 있고.

그 덕인지 나를 대놓고 욕하던 언론사들도 주춤, 슬그머니 지금까지 제기된 의혹에 대해 부정적인 논조를 내놓기도 했다.

지랄은.

'목 닦고 기다리고 있어라. 일 터지는 순간 너희부터 댕강 쳐 줄 테니.'

기억력이 좋아진 탓에 잊지 못하는 병에 걸린 나는 아마도 내가 인식한 것들에 묻혀 죽을지도 몰랐다.

물론 그전에 그놈들부터 죽이겠지.

ㅎㅎㅎㅎ.

이 순간 휘트니의 불행을 기다리는 내가 싫었지만, 한편으로는 그런 휘트니가 괘씸하기도 했다. 분명 당하고 있을 텐데…… 그녀는 일부러 화목한 모습을 보이며 나를 엿 먹이는 중이다.

뭐 그럴수록 반전의 대가는 크겠지만, 우선은 불편한 게 너무 싫었다. 기자만 보면 괜히 전투력이 올라가 들들 볶다 잡아먹고 싶은 마음이 드는 건 쓸데없는 소모잖나.

자본주의 사회를 두 번째 경험하는 나로서는 그게 가장 안타까웠다.

'하지만 당한 건 복수해야겠지?'

쓸데없는 소모전이 싫은 것뿐이다.

당한 걸 참겠다는 것이 아니니 화려한 복수전을 설계하며 미소 짓고 있는데 일본에서 손님이 도착했다는 전갈이 왔다.

코무라 테츠야가 남녀 한 쌍을 데리고 오필승으로 온 것.

누구지?

# Chapter 98

# Chapter 98

"저 왔습니다. 페이트 님."

"안녕하시므니까. 페이토 님."

"안녕하시므니까. 페이토 님."

제법 가르친 모양인데도 코무라 테츠야가 처음 날 찾아왔을 때가 떠오를 만큼 어색한 발음들.

"반갑네요. 근데……?"

누구냐고 눈빛으로 물으니 코무라 테츠야가 미소를 보였다.

"작년 페이트 님이 조언하신 대로 콘서트를 하나 열었습니다."

"……?"

"유럽권 댄스 차트를 겨냥하여 만든 이벤트였는데요. 이름이 'EUROGROOVE NIGHT'였습니다. 거기에서 개최된 오디션에서 여기 야마나 케이코를 만났습니다. 그리고 이 사람은 평소 저와 연이 있던 MC 마크 팬저인데 케이코와 2인조 유닛 'Orange'를 결성할 생각입니다."

좋은 길로 가고 있었다.

원역사대로 이때까지의 코무라 테츠야는 눈이 맑고 정확했다. 나중엔 아집에 빠져 어디로 흘러가는지 모를 지경이 되지만.

그나저나,

"오렌지요?"

"예, 케이코의 음색을 따와 지었습니다. 오렌지처럼 상큼해서요. 저는 이 두 사람으로 새롭게 도전해 볼 생각입니다."

아니다. 그 이름이 아니다.

Globe다.

90년대 중후반 일본 대중음악계를 풍미한 그룹.

바로 나서려다 코무라 테츠야가 고작 이 사실을 알려 주려 온 건 아닐 거라는 생각이 들었다.

결국 음악 아니겠나.

"혹시 곡 작업은 끝났나요?"

"그게…… 그래서 컨펌을 좀 받았으면 좋겠습니다. 바쁘신 건 아는데 달리 기댈 데가 없어서요."

긴가민가란 건가?

"으흠, 우선 들어 볼까요?"

"감사합니다. 여기 CD."

건네주는 걸 받아 플레이어에 넣었다.

세 곡이 있단다.

첫 곡은 Feel Like dance.

유럽권 댄스 차트를 겨냥해 만들었다더니 인트로부터 강렬했다.

그러나 마크란 사람의 랩은 좀…….

'응?!'

"우와~."

과연 야마나 케이코.

오랜만에 들었음에도 눈이 번쩍 뜨일 만큼 강한 상쾌함이 묻는다.

타고난 음색에…… 그러면서도 강렬한 사운드마저 뚫고 나올 만큼 힘이 있었고 호소력은 더 강했다. 일순 판타지 세계에 여행 갔다 온 기분마저 들 정도.

이 수준이면 긴가민가가 아니지.

코무라 테츠야가 내 기색을 눈치챘는지 자신감을 표출했다.

"어떻게…… 좋습니까?"

짜식이 묻기는.

"보석을 얻었네요."

"그렇습니까?! 아하하하하하, 감사합니다. 감사합니다."

"비트도 좋고 멜로디도 좋아요. 특히 케이코의 보컬은 무료한 삶마저 일깨워 줄 정도네요. 아주 신선해요.”

“그렇죠? 저도 처음 보는 순간 매료됐습니다.”

“다만 남자 랩은 발음 교정을 해야겠어요. 이래서는 서양 애들이 비웃어요.”

“알겠습니다. 알겠습니다. 감사합니다.”

“다음 곡을 들어 볼까요?”

“물론이죠.”

두 번째 곡은 Joy to the love였다.

첫 곡에 비해 일본색이 많이 들어갔고 랩 파트의 비중도 늘어났지만, 이것도 나름 괜찮았다.

“이건 80만 장 정도 나갈 것 같네요.”

“그렇습니까?”

“첫 곡은 거의 100만 장에 육박할 것 같고요.”

“아아…….”

대만족.

“첫 곡으로 데뷔하실 거죠?”

“그야…… 당연히 그래야겠죠.”

“그럼 마지막 곡까지 듣고 얘기해 볼까요?”

“아, 예.”

끝 곡은 SWEET PAIN이었다.

다른 두 곡과는 다소 다른 애니메이션틱한 곡.

아까부터 느껴지던 거긴 한데 어째 한국 코요텐과 느낌이 비슷하기도 하고. 아니, 한국의 90년대를 풍미하는 혼성 그룹이 대체로 이런 식이긴 했다.

남자는 랩, 여자는 보컬.

이 곡도 역시 좋았다. 90년대 감성이 물씬.

"다 좋아요. 몇 가지만 수정하면 좋겠어요."

"무엇입니까?"

"트리오로 가죠."

"트리오요?"

"테츠야가 끼는 게 좋겠어요. 아쉽게도 두 사람으로는 빈 공간이 보이네요. 악기 연주만 하더라도 같이 무대에 서는 게 좋겠어요."

"아아, 정말입니까?"

"그럼요."

"예~."

고개를 격하게 끄덕인다. 자기도 그러고 싶었다는 듯이.

"그리고 케이코는 5kg만 빼요."

"몸무게를요?"

"목소리를 해치지 않는 선에서만 빼죠. 턱선이 조금 더 날렵하면 좋겠어요. 아직 외모의 장점을 못 살리는 중이에요."

"안 그래도 얘기하려 했습니다. 올 8월에 데뷔할까 생각 중이었거든요. 그때까지는 충분히 뺄 수 있습니다."

"좋네요. 삼인조로 출발하세요."

"아아~ 다 된 겁니까?"

"아니죠. 듀엣에서 오렌지였다면 트리오면 팀명을 바꿔야겠죠."

"팀명……."

"globe 어때요?"

"globe요?"

"세계적인, 지구의, 지구본, 뭐 이런 뜻이잖아요. 유럽을 겨냥한 팀답게 조금 더 크게 놀아 보죠."

"globe, globe, globe…… 이거 참 좋습니다. 입에도 붙고 왠지 느낌도 좋고."

"이제 일어날까요?"

"예?"

"뭔가 떠올랐는데 같이 들어 봐야죠."

다 데리고 3층 피아노 앞으로 갔다.

뭐라 할 것 없이 앉아 건반을 눌렀고 아까의 강렬한 비트와 사운드와는 조금 다른 분위기를 연출했다. 잔잔하게 잔잔하게.

추가 허밍으로 리듬에 멜로디를 찍었다.

다 보는 앞에서 대여섯 번의 수정 끝에 완성.

DEPARTURES.

싱글로서 230만 장의 판매고를 자랑하는 Globe 최대 히트곡을 들려줬다.

"어때요?"

“아아, 좋습니다. 정말 좋습니다.”

“우선 테츠야의 곡으로 올해 활동하시고 내년 1월에 발매하세요. 테츠야가 가사를 붙여서요.”

“이 곡도 우리 주시는 겁니까?”

“Globe 결성 축하곡이죠.”

“감사합니다. 감사합니다. 곡을 받을 줄은 정말 몰랐습니다.”

“벌써 감사인 거예요? 아직 두 곡 더 남았는데.”

“예?”

“기다려 봐요.”

보는 앞에서 Can't stop Fallin' in love와 FACE도 만들어 주었다.

입을 떡.

“이 두 곡은 내년 하반기에 내세요.”

“하반기, 하반기…….”

정신없는 가운데에서도 열심히 적는다.

“이 정도면 된 것 같네요. Globe는 성공적인 팀이 될 거예요.”

“그렇습니까?”

“그럼요. 미리 축하드려요.”

“감사합니다. 오늘은 그저 곡에 대해 조언을 들을까 했는데 이렇게 또 곡도 써 주시고 축복도 내려 주시고 뭐라 감사드릴 말씀이 없습니다.”

“왜요. 테츠야와 나는 친구잖아요. 친구가 잘되는 건 기분 좋은 일이죠."

"아아, 페이트 님은 언제나 저에게 감동을 주시는군요. 감사합니다. 저도 더욱 힘내겠습니다."

대충 다 끝난 것 같고 나도 출출하여 한정식집으로 데려갔다.

가득 차려지는 밥상 앞에 자지러지는 야마나 케이코와 마크 펜저를 두고 이제는 한정식 한 상을 보더라도 침착한 코무라 테츠야에게 물었다.

"아무로 나미엔은 어때요?"

"성공적으로 데뷔하고…… 아! 그렇지 않아도 들려 드릴 곡이 있었는데 오렌…… 아니, 글로브에 정신 팔려 잊었습니다."

가방에서 주섬주섬 녹음된 CD를 꺼낸다.

"이번 4월에 나올 싱글입니다. 들어 봐 주십시오."

표면에 太陽のSEASON이 적혀 있었다.

아직 슈퍼 몽키즈와 같이 활동하는 모양.

고개를 끄덕인 나도 본론을 꺼냈다.

"잘하고 있나 보네요. 그녀를 위해 몇 곡 끄적여 봤는데 어떻게 만날 수 있을까요?"

"아무로 나미엔의 곡을요? 정말이십니까?"

"대신 솔로예요."

"아아, 솔로. 안 그래도 솔로로 데뷔시킬까 고민하던 차였습니다. 이거 정말 좋은 소식이로군요."

"4월 발매라 했으니까 활동하기 전 잠시 부르면 안 될까요?"

"왜 안 됩니까? 지금 당장 전화해서 오라고 할게요."

벌떡 일어나 전화기를 찾는다.

종업원의 안내를 받아 나가더니 5분도 안 돼 돌아왔다.

"내일 첫 비행기로 올 겁니다. 아무로 나미엔만 불렀습니다."

"그래요? 정말 빨리 오네요."

"그럼요. 누가 부르는데 안 옵니까. 하하하하하."

"그럼 내일 같이 오세요. 들려 드릴 곡이 좀 많아요."

"물론입니다. 반드시 가야죠. 그리고 내일은 사인을 부탁드립니다."

"사인이요?"

"그게……."

가방에서 페이트 9집 CD를 꺼낸다.

몇 가지 집어넣으면 꽉 찰 것 같은 작은 가방에서 잘도 튀어나온다.

"경황이 없어 아까는 허락받지 못했는데 내일은 꼭 해 주십시오. 부탁드립니다."

여러 장이었다.

아니다. 족히 서른 장은 돼 보였다.

"이렇게 많이요? 이걸 다 샀어요?"

"아닙니다. 제 건 열 장입니다. 나머진 부탁받은 겁니다. 죄송합니다."

멋쩍은지 머리를 긁적.

웃어 줬다.

"알았어요. 내일 다 같이 하시죠. 지금은 배불리 먹고요."

"알겠습니다. 내일 기대하겠습니다."

내가 아직 학업을 이어 가는 관계로 이들과 다시 만난 시각은 늦은 오후였다.

아무로 나미엔을 위해 끄적였다는 곡은 원역사에서 230만 장이 나가며 아무로 나미엔의 최대 히트곡이라 불릴 싱글 CAN YOU CELEBRATE? 였다.

하지만 집에 돌아오며 곰곰이 생각해 보니 다른 곡도 굳이 양보할 필요가 있나 싶었다. 던져 놓으면 알아서 찍고 마케팅하고 돈도 벌어다 줄 텐데.

그래서 앨범 SWEET 19 BLUES와 Concentration 20의 수록곡들을 죄다 가져오는 쪽으로 방향을 선회했다. 어쨌든 둘 다 3백만 장 나가는 건 기본인 앨범이니까.

'일단 96년 11월에나 첫선을 보이는 앨범 Concentration 20의 곡들은 선점하고…… SWEET 19 BLUES 앨범도 괜찮겠지?'

SWEET 19 BLUES의 첫 싱글은 올 10월쯤에나 발매될 것이라 시간이 애매하긴 했지만 그럼에도 밀어붙인 건 일본 음악계가 가진 특이성 때문이었다.

애들은 처음부터 완성된 앨범을 내는 것이 아닌 싱글 하나로 두세 달씩 활동하고 그렇게 모인 싱글을 모아 앨범을 만드는 방식을 채택하고 있었다.

장점만 본다면 회전율을 빠르고 리스크를 줄여 상당히 효율적인 정책이긴 한데…… 그러니까 코무라 테츠야가 가져온 아무로 나미엔의 다음 활동 곡이 太陽のSEASON이라는 것을 감안했을 때 후속곡인 Stop the music은 7월쯤 나온다는 얘기였다. SWEET 19 BLUES의 시작인 Body Feels EXIT는 10월쯤 나오고.

'나랑 만나는 자리임에도 다음 곡인 Stop the music을 가져오지 않았으니 아직 작업 중이거나 설계만 해 놓았을 확률이 높아.'

고로 연달아 1밀리언을 달성할 싱글 Chase the Chance, Don't wanna cry, You're my sunshine은 당연히 나오지 않았을 것이다. 하물며 Body Feels EXIT도 없다면 더할 나위 없고.

'내가 가져가도 무리가 안 될 것 같긴 한데…… 일단 만나서 Body Feels EXIT로 간을 보면 대략 느낌이 나오겠지. 비슷한 게 있으면 대인배처럼 넘겨주고 3밀리언이랑 Concentration 20을 가지면 되겠지.'

그렇게 슬쩍 내비친 Body Feels EXIT를 들은 코무라 테츠야는 눈이 반짝였다.

생전 처음 들어 본 표정. 게임 셋.

아무로 나미엔은 나로 시작해 나로 끝날 운명인 것 같았다.

얘도 끝.

◇ ◆ ◇

5월은 시작부터 참으로 바쁜 달이었다. 어린이날에 어버이날에 스승의 날에 성년의 날에 부처님 오신 날까지…… 다채로웠다.

국가적으로도 큰 경사가 있었다.

말도 많고 탈도 많았던 한국형 통신 사업이 마침내 상용화에 성공한 것이다.

대대적인 홍보가 일었다.

전국 방방곡곡 눈 돌리는 어디든 무선 통신 광고와 휴대폰 광고가 붙고 CM송이 흘러 다녔다.

-걸으면서 전화한다.

-통신 혁명, 진화는 계속된다. (통신 기기의 진화론)

-유선 전화는 귀찮다. 바로 건다.

-누군가가 그립다면 SY텔레콤.

-삐삐? 나는 휴대폰이다.

-21세기를 앞서가는 당신을 위해. SY텔레콤.

-누르면 터진다. 내 속도 터진다. (친구가 휴대폰을 가졌다)

-성공한 사업가의 상징.

90년대식 감성 광고가 하루 종일 TV건 라디오건 지면을 통해 나왔다.

사람들은 광고를 보다 자기 옆구리에 찬 삐삐를 쳐다보게 되었고 얼리어답터들은 남보다 조금 더 나은 우월성 확보를 위해서라도 서둘러 구매해야 했다. 1백만 원 상당의 고가인데도.

정부도 맹렬히 달렸다.

치적을 알리기 위해서라도 우리나라가 장착한 복기-2를 선전했다. 최첨단의 기술력과 장점을 나열하며 한국이 무선통신 분야에서 세계를 선도하게 되었다는 것을 강조했다.

모든 게 잘 풀렸다.

그러나 거저 얻은 쾌재는 아니었다.

지난 1년간 수천억을 때려 부은…… 그에 대한 결과였고 복기 시리즈를 위한 호환 체계 표준화의 완성작이기도 했으니.

모두가 축하하는 가운데 나는 또 청와대에 불려 갔다.

문제가 있는 건 아니고.

"허허허허, 모두 수고하셨습니다."

치하의 자리였다.

유난히 칼국수를 좋아하는 대통령답게 오찬도 하필 칼국수.

다른 서비스도 또한 본인 위주로 손님의 취향을 맞춰 주지 않은 곳에 한참을 앉아 있어야 했다.

가히 유쾌하지 않은 자리였다.

더 짜증 나는 건 칼국수 이야기를 계속한다는 것.

'……'

웬만한 한식은 다 즐기는 나라지만 어릴 적 기억 때문인지 칼국수는 싫었다.

칼국수만 보면 수명이 한참 지난 침침한 백열등 아래 다 불어 터져 국물 하나 없는 칼국수를 내 앞에 두고 다 먹으라 윽박지르던 사람이 떠오른다.

자기들끼리 신나게 먹다 남긴 걸 냉면 그릇에 가득 담아 퉁퉁 불어 뭉친 면 덩어리를 한 가닥도 남기지 못하게 했다. 그때 내 나이가 열한 살이다.

먹는 걸 빤히 지켜보고 있다가 조금이라도 먹기 힘든 표정을 지으면 대번에 욕부터 손부터 튀어나왔다.

지금도 칼국수만 보면 그때의 기억으로 불쾌하였다.

복수라도 해 줬으면 속이 시원할 텐데 내가 성인이 되기 전에 죽어 버려서…… 현생은 또 할머니 곁에 있다는 것만으로 호의호식하는 중.

가만히 보면 우리 '장'씨 남자들은 하나같이 못났다. 할아버지가 일찍 돌아가셔서인지 제대로 중심 잡힌 어른 놈이 없었다.

젠장, 나 역시도 그러려나?

"허허허허, 저기 삼청동에 있는 항아리 수제비집도 맛이 괜찮죠."

"그렇습니까? 언제 저도 한번 가 봐야겠습니다. 하하하하하."

우리 아버지가 저들의 10%만이라도 닮았다면 어땠을까?

아닌가? 욕심 사납고 멘탈 강하고 머리 좋고 추진력 갑인 이들과 빗대는 건 큰 무리인가?

다 내 복이다.

그래서인지 좋은 자리임에도 불구하고 전혀 즐기지 못했다.

하나 더 변명하자면,

재미있을 리 없는 자리잖나. 즐기는 게 더 이상할 것 같은…… 이럴 바엔 한태국의 허세나 최연주의 잔소리를 듣는 게 더 편할 것이다.

'흠…….'

아무튼 우리 한국도 이젠 무선 통신 시대로 들어섰다.

한국의 성공을 본 중국이 자꾸 자기네도 복기-2로 깔아 달라고 졸라 대는 바람에 너무 귀찮다는 김영산의 얼굴을 보고 있노라면 얘가 복기-2를 자기 것이라 착각하고 있나 싶기도 하고 중국은 어째서 이 같은 일을 한국 정부에 문의했는지 궁금하기도 하고 복잡복잡한 순간이 많이 지나갔다.

물론 그런 티를 1도 안 내는 내공 정도는 가지고 있었으니 아무도 내 속마음을 몰랐다.

1집 50만.

2집 0.

3집 0.

4집 30만.

5집 0.

6집 0.

7집 150만.

8집 50만.

9집 1,500만.

도합 1,780만 장. 전부 CD 매출이다.

1억 6천만 달러.

95년 상반기 결산이다.

'0'이 많이 보였지만 9집이 아직 내가 살아 있음을 증명해 주고 있었다.

9집을 안 냈다면 어땠을까?

처절했겠지.

입방아 찧기 좋아하는 미국 언론은 좋다고 나의 몰락을 떠들었을 테고.

하지만 우리나라엔 이런 나조차 다행으로 여겨질 만큼 악몽에 시달리는 사람이 있었다.

한때 호남에서조차 75%의 지지율을 찍었던 김영산.

견고하리라 봤던 지지율이 작년 말부터 닛케이 지수처럼 하릴없이 떨어지더니 바닥이 없는 것처럼 추락하는 중이다.

삼풍 백화점과 성수 대교는 내가 막았다지만.

육사 출신 현역 장교가 은행 강도 짓을 하고, 멀쩡한 한진해운 컨테이너선에서 불이 나고, 인천지법 집달관은 자기 권한을 남용해 비리를 저지르고, 어떤 교수 놈은 자기 부친을 살해하고, 대구 지하철 공사장에서 가스 폭발이 일어나 101명이 죽고 202명이 부상당하는 등 대형 사건이 줄줄이 일어났다.

이 정도에서 끝나면 차라리 다행일 것이다.

교육부 장관 사퇴 파동과 노동부 장관이 구속되며 정부의 공신력도 흔들렸고 작년부터 지속된 대외 압박 기조로 여야 관계도 악화일로, 대북 쌀 지원 파동까지 일어나니 그에 따른 강경책 회귀로 남북 관계마저 최악의 상황으로 치닫고 있었다.

김영산 스스로 악수를 두기도 했다.

한국 통신 파업 사태를 '국가 전복 기도'로 정의하며 검찰을 움직여 한국 통신과 현도차 노사 분규와 관련된 9개 재야 노동 단체에 대한 대대적인 수사에 착수, 파업 중이던 현도차 울산공장에 전의경 1천여 명을 투입해 농성 노동자 310명을 연행하는 짓을 벌인다. 자칭 문민정부라는 개혁 의지를 의심케 만드는 짓을 공공연히 해 버린 것.

결국 그의 뒤를 받치던 민주 개혁 세력마저 반발하였고 그 와중에 현도자동차 해고 노동자와 대우조선 노조원, 지체 장애인 노점상 분신자살 사건이 연이어 일어났다.

국민마저 '이게 뭐지?' 하며 물음표를 띄울 때도 사건은 멈추지 않았고.

이덕민 의문사 사건, 박창인 외대 교수 간첩조작 사건, 한국 조폐 공사에서 1천 원권 지폐 1천 장이 외부로 유출되는 등 공직 기강, 공안 탄압, 노동 운동 탄압 문제가 계속 불거졌고 네팔인 산업 연수생의 명동 성당 농성을 계기로 외국인 노동자 인권 침해마저 공론화되기 시작했다.

집권 초기 정점을 찍었던 문민정부의 인기는 온갖 대형 사건과 더불어 국정의 난맥상으로 인해 급격히 추락했고, 올해에 이르러선 지지율이 20%대로 떨어져 버렸다.

개혁이 어느새 방향타를 상실해 버린 것.

표류도 또한 가시화되었다.

하지만 이도 약과라.

그 정점은 IMF였고 진짜 위기는 아직 오지도 않았다.

"에휴, 이때부터였구나. 갑자기 터진 일이 아니었어."

"뭐?"

"그런 게 있다. 대통령 잘못 뽑으면 어떤 일이 벌어지는지 알게 되는 따끔한 교훈."

"뭐래."

보통 이런 말을 꺼내면 자존심이 상해서라도 무슨 일이냐고 되묻기 마련인데 한태국 놈은 반사신공이라도 있는 건지 툭 끊으며 말을 하면 할수록 상대를 더 내상 도지게 만드는 재주가 있었다.

신기한 놈.

그 신기한 놈이 나를 또 신기하게 바라봤다.

"왜?"

"너 뭐냐? 갑자기 중학교 교과서는 왜 꺼내는데?"

"왜 꺼내긴. 보려는 거지."

"그러니까 중학교 교과서랑 문제지는 왜 보냐고? 곧 수능이 다가오는데. 혹시 거 뭐냐. 스트레스인가 뭔가 때문에 살짝 맛이 간 거냐?"

머리를 뱅뱅뱅.

얄밉다.

턱주가리를 돌려 버리고 싶을 만큼.

"뭐래. 남이사 뭐로든 공부하든 말든."

"이상하잖아, 자식아. 남들 한 문제라도 더 푸느라 정신없는 판에 중학교 교과서는 왜 꺼내냐고?"

"그냥 한번 돌아보는 거라고 자식아. 총정리 몰라?"

"중학교부터 총정리하겠다고? 이거 미친 거 아냐?"

"뭐가 미쳐 인마. 한 번씩 보는 건데."

"이게 미쳐도 스케일이 아주 블록버스터급이네. 수능 앞두고 이러는 놈은 전국에 너 하나밖에 없을 거다. 자식아."

"어쭈, 충고냐?"

"동질감이다. 등신아."

"니가 나랑?"

"그래! 드디어 장대운도 미쳐 가는구나. 킬킬킬킬."

공부 좀 하려 도서관에 왔다.

하는 김에 중학교 과정부터 쑥 훑어보는 게 좋겠다 싶어 가져왔다. 차근차근 아주 진득하게 싹 말이다.

이유는 분명했다.

나로서도 수능에 대한 불편함이 아주 없는 것이 아니고 변수를 최대한으로 줄이려 시도한 결정이 이렇게 매도당할 줄은 몰랐지만 어쨌든 나는 내가 목표로 한 대학에 여유롭게 골인하는 것이 중요했다.

그래서 한태국의 동행은 우연한 불행이라 말할 수밖에 없었다.

도서관에 갈 타이밍에 나타나 운동을 하잖다.

싫다 했더니 자기도 따라와서 이 모양.

책을 씹어 먹을 것처럼 머리띠도 묶고 온갖 요란을 떨고는 10분도 안 돼 심심한지 시비다.

가뿐하게 기절시켜 놓고 공부할까?

"그만 방해하고 가라."

"내가 왜 가냐. 공부할 건데."

"웨이트 안 하냐? 중량 늘린다며?"

"수능부터 끝내야지. 당연한 거 아냐?"

넌 수능이랑 관계없잖아! 라고 소리칠 뻔했으나 간신히 참았다.

"……그럼 조용히 공부나 해라. 바쁜데 방해하지 말고."

"공부하잖아. 이것 봐. 열심히 적었어."

앞 한두 페이지만 끄적댔다.

거머리 자식.

"알았다. 알았어. 배고픈데 우동이나 한 그릇 하러 갈까?"

"우동?"

반색한다.

오냐. 열 그릇 먹이고 재우리라.

역시나 우동 열 그릇을 30분도 안 돼 삼킨 한태국은 돌아온 지 10분도 지나지 않아 해롱대기 시작했고 책상 위에 널브러졌다.

어쨌든 기절은 시켰으니.

"이제 본격적으로 해 볼까?"

공부에 집중하면서 다시금 느끼는 것이지만 내 머리는 뭔가 문제가 있었다.

어느샌가 크게 노력을 기울이지 않더라도 무슨 말인지 읽히고 바로 저장된다. 아날로그적 지식이 순식간에 디지털로 변환돼 Input되는 것처럼.

어쩌면 도큐멘트에서 도큐멘트로 이동하는 것과 비슷한 느낌일지도 모르겠다. 그래서 나에게 필요한 것은 오직 하나밖에 없었다.

노가다.

책을 넘기는 손길과 한 권을 충족시키는 데 필요한 최소한의 물리적인 시간.

"공부가 이렇게나 쉽다니."

단순히 외우는 측면이라면 단언할 수 있었다.

내가 세계 최고다.

작열하는 태양이 사정없이 지표면을 구워 버리는 8월의 여름에 나는 또 그렇게 나만의 전설을 만들어 갔다.

전 과정 교과서 외우기.

그것만으로도 조금 부족한 감이 있어 사전도 통째로 외워 줬다. 한태국 자식은 도서관 우동 맛에 빠졌는지 매일 먹으러 와서는 잠만 자고 끝.

"대운이 방학 잘 보냈어? 2학기에도 여전하겠지?"

"이번 수능도 불수능이라고 하던데 문제없지? 너라면 문제없을 거야."

"대운이야 내가 믿지. 역대 최고의 학생인데."

"필요한 거 없어? 내가 구해다 줄게. 선생님한테 말해. 뭐든 다 구해 줄게."

"너를 믿는다만 공부는 흐름을 놓쳐선 안 된다. 방학 때도 놓지 않고 했지? 아주 중요한 시기야."

"원체 잘 알아서 하는 편이라…… 그래도 긴장 놓쳐선 안 된다. 딱 잡아서 해야 해."

확실히 시기가 시기인지라 개학 후 만나는 선생님마다 이런 인사를 했다.

어느 학교나 공부 잘하는 애들이 그렇듯 나는 우리 학교의 보물이다. 더구나 정치, 언론조차 함부로 대하지 못하는 거물이었다.

그뿐인가.

1학년 들어오면서부터 단지 학력으로만 한 분야 최소 10년씩 공부한 선생님들을 압도했고 앞선 인사에서도 비롯되듯 내게 무언가를 가르쳐 주겠다는 선생님을 없게 만들었다.

이런 나를 부담스러워하는 선생님도 있었으나 거기까진 내 알 바 아니고 대신 평판이 나빠지지 않게끔 행동거지를 조심했다.

이게 내 학교생활의 실체였다.

"이제 이 짓도 마지막이네. 돌이켜 보면 참으로 지난한 세월이었어."

초딩 6년, 중딩 3년, 고딩 3년.

검정고시로 한 번에 올 패스 가능했음에도 나는 12년을 조용히 입 다물고 다녔다. 오직 할머니의 기쁨을 위해서. 참고로 올 8월부터 국민학교가 초등학교로 바뀌었다.

"올해 수능은 작년처럼 두 번 중 잘한 하나로 선택하는 게 아니다. 단판 승부다. 명심해야 해. 두 번은 없다. 한 번의 기회로 지난 12년의 성과가 결정된다."

"누가 소란스럽게 구나?! 지금은 한 자라도 더 봐야지. 개념부터 무조건 머릿속에 욱여넣어!"

"입시는 전쟁이다. 그것도 단판으로 인생이 갈리는 최악의 전쟁이다. 무조건 승리만이 의미 있을 뿐. 이놈들아! 제발 선생님 말 좀 들어라! 나중에 후회하지 말고."

"더 노력해야 해. 더 열심히 풀어야 해. 자는 시간도 아껴서 문제를 봐라. 패턴을 이해하고 출제자의 의도를 분석해라."

"집중해야 해. 집중! 지금 졸릴 시간이 어딨나? 그럴 시간에 공식 하나라도 더 외워. 누가 수학을 응용이라고 했어?! 수학은 암기 과목이야!"

"아직도 주기율표를 못 외운 놈이 있어? 내가 3학년 들어오자마자 제일 먼저 시킨 게 주기율표 외우기인데 이놈들아~~."

결전의 시간이 다가올수록 선생님들의 광기는 점점 더 짙어져 갔다.

삶의 목표가 오로지 학생들 좋은 대학 진학인 것처럼 강렬한 기운을 뿌렸고 그것도 모자라 눈에서는 레이저를 쐈다.

내가 그동안 선생들을 잘근잘근 씹고 무시했어도 마지막 선까지 넘지 못한 이유가 여기에 있었다. 이런 집중력, 이렇게 중요한 때 한 방 해 주는 스스로를 불사르는 힘 때문이다.

양아치적인 선생 몇몇 때문에 도매금으로 몰리긴 했어도 이런 선생님들 덕에 공교육이 유지되는 것이 아니겠나.

그 열정에 감복하고 인정하고 박수를 쳐 줄 때쯤 머나먼 미국에서 전화가 한 통 왔다.

엔비디아와 최종 협상에 돌입했다고.

좋은 소식.

그래픽 칩셋 NV1의 망조로 회사가 흔들리는 틈을 타 접근했고 또 자산이 드러나며 이전과 전혀 다른 DG 인베스트의 위상 때문인지 미팅과 합의에 이르는 데는 순조로웠는데 문제가 생겼다고 한다.

거기 대표가 날 꼭 보잔다고. 만나지 않고서는 계약하지 않겠다고 버틴다고.

내 팬인가?

때는 바야흐로 11월 15일이다. 수능은 11월 22일.

정홍식도 때를 아는지라 어떻게든 미루거나 막아 보려 했으나 도통 사정을 듣지 않고 계약 자체가 무산될 것 같아 보고하는 거라 했다.

'날 만나야겠다고?'

어쩌나? 가야지.

학교에 얘기했더니 담임부터 교장 선생님까지 나서서 말린다. 이 중요한 시기에 어딜 가냐고. 공부도 그렇지만 자칫 컨디션 조절에 실패하는 순간 큰일 난다며 할머니한테까지 이르고 난리를 부렸다.

하지만 나에겐 지금 아니면 안 되는 것들이 있었다.

무단결석까지 염두에 두고 있다는 발언에 학교는 고개를 숙였고 미국으로 날아갔다. 실리콘밸리 산타클라라로.

"만나서 반갑습니다. 젠슨 한입니다."

"페이트입니다."

나를 반긴 이는 대만인이었다. 중국 부자처럼 생긴 대만인. 그러고 보니 야후의 창업자도 대만인이다.

어쨌든 번쩍이는 검은색 가죽점퍼에 검은색 바지, 검정 운동화. 받쳐 입은 티셔츠랑 안경까지 검은색 일통인 남자.

총명한 눈에 한껏 부푼 코까지 일생을 자존감 충만할 관상으로 보였다. 뻔뻔할 정도로 멘탈이 강한 것도 느껴지고.

직감했다.

이번이 엔비디아를 얻을 마지막 기회라는 것을.

"저를 보자고 하셨다고요?"

"죄송합니다. 큰 시험을 앞두고 있다는 소식은 들었는데. 저도 회사의 운명을 결정짓는 자리라 함부로 굴 수는 없었습니다. 적어도 오너는 만나야 한다고 생각했습니다."

맞는 얘기긴 했다.

하지만 이게 순수하게 맞는 얘기가 되려면 수능이 끝나고 만나자 해야 했다.

의도가 좋지 않은 것.

일주일 정도는 눈감고 지나갈 시간이기도 할 텐데.

결국 협상을 유리하게 만들려는 것이다. 내 사정을 알고도 자기주장을 굽히지 않고 이렇게까지 오게 만들었으니 나도 또한 어떤 성과를 얻어 가야 한다는 점을 악용하려는 것.

웃어 줬다.

“그래서 결정하셨나요?”

“20%에 1천만 달러 주시죠.”

“갑자기 그게 무슨…….”

정홍식이 놀라 끼어들려 했으나 막았다.

당초 협상 내용은 30%에 1천만 달러.

젠슨 한은 홍정을 붙였다.

25%에 1천 5백만 달러까지 보고 있다는 것.

5%를 줄이고 5백만 달러는 더 받겠다?

무식하면 용감하다더니.

“우리가 마이크로소프트사 대주주인 건 아시죠?”

“압니다.”

“그럼 우리가 그래픽 칩셋에 관심을 가지는 이유도 아시겠네요?”

“시너지겠죠.”

잘도 대답한다.

자신감 넘치는 목소리.

협상에서 우위에 있다고 느끼는 모양.

“잘 아시네요. 맞아요. 우린 그래픽 칩셋을 원해요.”

“…….”

그럴 줄 알았다며 웃는다.

한국말은 끝까지 들어 봐야 하는 건데.

"하지만 그게 꼭 엔비디아라는 의미는 아니에요."

"예?"

"3dfx란 회사가 있더라고요. Voodoo라는 그래픽 카드를 이번에 제품으로 내놓았던데요. 누구와는 달리 시장에서 평가가 좋고요."

"……!"

"가져다가 비교해 봤더니 가격 대비 성능이 꽤 괜찮게 빠졌더라고요. 그러니까 오늘 왜 이럴까요? 만나기 전까지만 하더라도 어떻게든 되겠지 했는데 대표님을 보니 자꾸만 3dfx란 회사가 궁금해지네요. 우리 DG 인베스트의 자금력이라면 3dfx가 어떻게 변화될까 보고 싶기도 하고요. 같이 알아볼까요?"

"……협박이십니까?"

"응징이라고 해 두죠. 신의를 저버리는 행동에 대한."

"……."

"분명히 해야 할 건 이 일은 순전히 야후를 발굴하게 도와준 스탠퍼드에 대한 호의란 거예요. 그 마음을 이런 식으로 이용할 줄 몰랐으니 배신감이라고도 할 수 있겠어요. 물론 대표님에게 개인적인 유감은 없습니다. 시작하지 않았으면 모르되 당했으니 우리도 가만히 있을 수 없지 않겠어요? 어째 우리 DG 인베스트와 전쟁을 해 보시렵니까? 엔비디아 바로 옆에다 그래픽 칩셋 회사를 차려 줄 수도 있는데."

"……."

대답은 안 하지만 목울대가 크게 울렁였다.

당황하고 있다는 것.

나도 대답을 듣지 않고 자리에서 일어났다.

이번엔 눈빛마저 흔들린다.

웃어 줬다.

"살면서 제법 똑똑하다는 소리를 들었겠지만, 세상에는 당신보다 더 똑똑하고 더 힘센 사람들이 넘친답니다. 망조가 든 회사에 1천만 달러나 투자하겠다고 나선 호의를 이용하다니 이걸 용감하다고 해야 할까요? 어처구니없다고 해야 할까요? 아무튼 당신은 벌을 받아 마땅한 사람인 것 같네요. 어디 한번 잘 견뎌 보세요."

몸을 돌리자 DG 인베스트의 식구들도 더는 미련 없이 돌아섰다.

젠슨 한의 얼굴이 시퍼렇게 됐다.

맞다.

이 일은 이제 투자자를 모집하고 회사 성장시키고 어쩌고의 문제가 아니게 됐다.

적을 만들었다는 것.

그것도 영향력부터 자금력까지 엔비디아와는 비교도 안 되는 공룡과 적이 되었다.

잔머리가 잘 돌아가는 만큼 상황 판단이 빠른 젠슨 한은 즉시 달려와 내 팔을 잡았다.

"30%에 1천만 달러. 도장 찍겠습니다. 더는 다른 요구를 하지 않겠습니다."

"35%."

"예?"

"내 사정을 알고도 미국까지 불렀으니 대가는 치르셔야죠."

"하지만 35%는 제 지분율마저 넘는 숫자입니다."

"그건 내 알 바 아니죠. 수험생을 미국까지 부른 죄는 엄중합니다."

다시 돌아서고 몇 발짝 걸었을까.

"경영권은 지켜 주시는 겁니까?!"

대답 없이 문을 열었다.

"경영권만 지켜 주십시오. 그러면 어떻게든 마련해 오겠습니다."

경영권을 지켜 달라?

이번엔 나도 의문이 들었다.

DG 인베스트는 전통적으로 경영권에는 관심 없었다.

정홍식을 봤더니 오늘 최종 결정 후 세부 사항 작성 시 논의하려 했다는 것이다.

이것도 의문이었다.

보통 이런 건 협상 도중 나오는 얘기가 아닌가?

"낌새가 일반적이지 않아서 뒤로 미뤘습니다. 결국 이런 식이 됐고요."

"대표님도 그렇게 느끼셨나 보네요."

"무척 탐욕적인 자입니다."

이 말의 저의는 '계약하지 말자'였다. 예비로 미팅을 가진 3dfx로 가자고.

언뜻 그의 판단이 옳아 보이나 3dfx와 엔비디아의 결정적 차이는 기술력이 아닌 경영진이었다. 빠르게 변해 가는 시대의 흐름에 적응하느냐 못 하느냐.

결국 그들은 시장 1위라는 자리에도 불구하고 엔비디아에 합병된다.

"탐욕적이라. 그래서 더 이 세계에 적합하지 않을까요?"

돌아서서 손짓했다.

젠슨 한이 얼른 달려온다.

"35%에 2천만 달러 드리죠."

"예?!"

"경영권도 우선 인수권도 보장해 드리죠. 계약하시겠습니까?"

"아……."

"대신 제품은 무조건 세계 최고여야 합니다. 아시겠습니까?"

돈이 문제라면 1억 달러도 쏠 수 있었다.

앞으로 시가 총액만 투자금의 몇천 배 단위로 튀겨질 회사에 무엇인들 아끼랴.

"대신 우리한테만큼은 파트너로서 태도를 확고히 해야 할 겁니다. 기회는 한 번뿐. 다음은 없으니까요. 알겠나요?”

“이 계약서를 보니 제가 헛짓한 걸 알겠네요. 죄송합니다. 다시는 이런 일이 없을 겁니다.”

승복한 젠슨 한은 더 이상 까탈스럽게 굴지 않았다.

내준 2천만 달러 중 1천만 달러로 지분 35%를 구해 왔고 나머지 1천만 달러를 전부 기술 개발에 투입, RIVA 128의 개발에 매달렸다.

DG 인베스트는 이렇게 엔비디아 제1의 대주주가 됐다.

# Chapter 99

# Chapter 99

계약서에 도장 찍고 공증한 이상 초라한 엔비디아 사무실과 그보다 더 열악한 공장을 돌아보는 건 수순이었다.

다소 무거울 수 있는 분위기에 젠슨 한을 비롯 직원들의 사기를 위해 단합 대회를 열어 줬다.

파티에 파티, 선물까지 한 아름 안겨 준 후에야 그들도 비로소 미소를 찾았고 나도 한국으로 돌아올 수 있었다.

돌아온 한국도 어수선하니 평화롭진 않았다.

다음 날이 대학 수학 능력 평가 시험이라 그런 건 아니고 듀스 이후 솔로 활동에 접어든 김선재가 죽었다는 소식이 전국을 강타한 것이다.

참으로 안타까운 일이다.

삼가 고인의 명복을 빈다는 방송을 보다 TV를 껐다.

"……이맘때였구나."

내 예언이 무시당하고 손가락질당하는 순간 이렇게 될 거라 예상은 했지만, 마음은 좋지 않았다.

묵념은 잠시.

나는 수험생.

내일 수능을 위한 점검에 들어갔다.

집도 회사도 다 조용.

컨디션 조절에 들어간 나는 잠시 끄적이다 푹 쉬었고 다음 날 지정된 시험장에 도착했다.

파이팅을 외치는…… 우르르 들어가는 수험생들 옆, 플래카드에 꽃다발에 누군가는 목마 타고 입장하기까지. 따뜻한 차를 내주는 후배들도 있었고 한쪽에선 교문에 꽃과 엿을 붙이고 기도하는 어머니들도 보였다.

나도 두 할머니와 회사 간부들의 응원을 받으며 따뜻한 보리차와 야채죽이 든 보온 도시락 통 두 개와 시간 확인용 5천 원짜리 전자시계 하나, 컴퓨터용 사인펜 두 개만 들고 들어갔다.

입구에서 수험표를 보여 주니 통과.

수험 번호에 따라 지정된 교실에 들어서자 온통 싸늘한 기운만 감돌았다.

조용하면서도 일촉즉발의 사건이 일어날 것 같은 팽팽한

느낌.

다리를 달달달 떠는 녀석이 보였다. 이 순간까지도 책을 놓지 못하는 녀석도 있었고 애써 담담한 척하는 녀석도 눈에 띄었다.

대부분은 별말 없이 대기하며 시험 칠 시간을 기다렸고 나도 지정된 좌석에 앉아 전자시계, 컴퓨터용 사인펜만 올려놓고 가만히 눈 감고 대기하길 얼마던가.

감독관이 들어왔다.

"부정행위자는 가차 없이 퇴실입니다. 책상 위에 올려놓을 수 있는 건 시계와 컴퓨터용 사인펜밖에 없으니 전부 가방 안에 넣으시기 바랍니다. 이 시간 이후 다른 물건이 눈에 띈다거나 부정행위로 의심되는 일이 발견되면 좋지 않은 일이 벌어질 겁니다. 부디 12년간의 노력을 잠깐의 유혹으로 잃지 말기 바랍니다. 자, 다들 집중해 주시고 시험에 들어가겠습니다."

설명이 있자마자 시작 방송이 울렸고 언어 영역이 펼쳐졌다.

96학년도의 언어 영역은 역대급이란 기억이 있었다. 60점 만점에 46점 정도만 되어도 4% 안에 들 수 있었다며 호들갑 떨었던 것이. 2000년대로 치면 77점이 국어 1컷인 셈인데 역대 수능 수준에서 비교해 봐도 난이도 1위를 찍은 해라.

확실히 지문 양도 페이지 하나를 잡아먹을 정도였고 문제도 이리저리 꼬아 놓아 정신없긴 했다.

'언어 영역에서 많이 갈리겠네.'

200점 만점에 이과 164점이 상위 0.6%인 해다. 전국 수석이 188.6점으로 400점 환산 시 377.2점, 500점 환산 시 471.5점. 150점 이상이면 웬만한 서울대 학과에 지원 가능했을 해.

침착하게 굴었다.

이번에 망치면 97학년도는 400점 만점인 해로 바뀐다.

재수는 꿈도 안 꾸었지만, 생각만 해도 피곤하였다.

더욱더 집중해 들어갔다.

여기까지 와서 OMR 카드를 밀려 쓸 순 없으니 두 번 세 번 확인하고 또 확인하며 점을 찍었다. 그래도 남는 시간이 20분.

튀는 행동은 좋지 못한 것 같아 시험지를 보는 척 남은 시간을 묵묵히 보냈다.

다음 수리 영역도 마찬가지였다.

읽히는 대로 차근차근 풀었고 이도 시간이 남아 또 대기해야 했다.

딩동댕~.

끝나자마자 약속한 대로 도시락 통 들고 나갔더니 화단 옆에 자리를 마련한 한태국이 기다리고 있었다.

"너는 어떻게 나보다 빨리 나오냐?"

"이런 거라도 너보다 빨라야지. 시험은 어땠냐? 다들 죽는다고 자기 머리끄댕이 잡던데."

"하긴 애들 헷갈리게 잘 만들어 놨더라."

"너는 안 헷갈리고?"

"출제 의도가 뻔히 보이는데 속아 줄 순 없지."

"하여튼…… 말이나 못 하면. 밥이나 먹자."

점심시간이었다.

옹기종기 앉은 우리는 각자의 도시락 통을 꺼냈다.

"넌 시험 보러 온 거냐? 소풍 온 거냐?"

"난 이렇게 먹어야 버틴다고."

간단히 요기나 할 생각으로 죽을 싸 온 나와는 달리 한태국은 5단 도시락이다. 고기반찬에 밥도 가득.

이거 먹고 자겠다는 건지.

"적당히 먹어라. 그러다 시험 시간에 존다."

"너는 고작 똥파리 오줌만큼 먹고 머리를 쓰겠냐?"

"과한 것보단 속 편한 것에 주안점을 둬야지. 너와는 달리 난 시험 보러 왔으니까."

"알아서 해라. 이따 끝나면 콜?"

놀자는 거다.

"아서라. 눈 깔고 다닐 생각이 아니면."

"내가 왜 눈 깔고 다녀?"

"괜히 돌아다니다가 눈 마주쳤다고 시비 걸리면? 이제부터 애들 때렸다간 인생이 피곤해진다. 오늘은 다른 애들도 고삐가 풀려 보통이 아닐 거고."

"씨이~ 어떤 새끼가 나한테 덤벼!"

"보통 때라면 안 덤비겠지. 근데 어딜 가든 미쳐 날뛰는 애들이 나올 텐데 휘말리지 않을 자신 있다면 모를까. 오늘만큼은 조심하고 집에 일찍 들어가서 가족과 함께 지내라. 내 말 듣는 게 좋아."

"쳇, 신나게 땡길까 했더니. 알았다. 내일 놀지 뭐. 시간은 많다."

"시간은 많지. 수능 끝나고 나면 학교도 수업을 안 할 거다."

"그런가?"

"좋지?"

"좋긴 한데. 너 정말 법대 넣을 거냐?"

"넣어야지."

"왜?"

"그냥."

"넌 그거 안 해도 되잖아."

"안 해도 되지."

"그래도 넣는다고?"

"다른 데 들어간들 다르겠냐?"

"……그렇긴 하네."

"그렇지?"

"그럼 본고사도 준비해야겠네."

"해야지."

"허어…… 공부는 잘해도 문제네. 계속 시험이야."

"내 걱정이냐?"

"알아서 잘하겠지만, 고생은 고생 아니냐. 이거라도 먹어라. 모름지기 속이 든든해야 머리도 팽팽 도는 법이다."

큼지막한 고기를 한 점 올려 준다.

아까부터 먹고 싶었는데.

인심 좋은 새끼.

"의리는 있어 가지고."

"시험 잘 보고. 에휴~ 나는 남은 시간 어떻게 버티냐."

"힘드냐?"

"10분도 안 돼 끝나."

"그러네. 나는 20분 기다리는 것도 힘들던데. 너도 고생해라."

따뜻한 차 한 잔에 헤어진 우리는 다시 시험장에 들었고 늦오후가 돼서야 다시 만나 교문을 나섰다.

그냥 아무 말도 없이 걸었다.

한참을 걷다 다시 돌아와 여태 대기해 준 백은호 팀장의 차를 타고 돌아갔다.

그리고 보름이 지나갔다.

학교 가려는데 아침부터 기자들이 아파트 앞에 인산인해라.

학교에서도 내 이름이 플래카드로 붙어 있다.

【수능 만점. 전국 수석 장대운】

담임 선생님이 나눠 주시는 십여 장의 성적표에도 백분위가 100.00으로 찍혀 있었다.

세상이 난리 났으나 나는 이미 알고 있었다. OMR 카드에 마킹하는 순간부터 내가 톱이라는 것을.

"표정이 왜 그래?"

"웃겨서."

"뭐가? 전국 수석이라잖아. 누군 하고 싶어도 못하는 자리 아니냐?"

"내가 그거 한두 번 하냐?"

"하긴…… 모의고사 때부터는 너는 그랬지. 그래도 수능 만점이라잖아. 이건 공식적이라고."

"나는 네 점수가 더 놀랍다. 자식아. 어떻게 찍어서 101점이 나오냐?"

"……그러게."

한태국의 성적표엔 한태국의 학력 수준에서는 절대 나올 수 없는 숫자가 찍혀 있었다.

담임도 놀라워했고 한태국은 더 놀라워했다. 집에 가서 점수도 맞춰 보지 않은 모양.

녀석 부모님이 기뻐할 게 눈에 선했다.

"그래도 오늘은 좋은 날 아니냐? 조금쯤은 즐겨라."

"너나 자랑스럽겠지."

"아, 왜 심술인데?"

"나는 본고사가 남았다."

"아……."

서울대는 본고사 40%, 수능 20%, 내신 40%였다.

수능 만점 받았더라도 본고사 한두 문제 틀리면 치명적.

그제야 내 표정의 의미를 깨달은 한태국은 어깨를 툭 쳤다.

"그러게 대충 연고대나 가지. 거긴 특차도 받아 준다잖아. 네 성적표면 당장에 장학금 준다고 덤빌걸."

"어려서부터 한 약속이 있어서 안 돼. 아니, 그러고 보니 나도 짜증 나네. 이런 식이면 본고사 망치면 다 꽝이잖아. 수능 수석도 별 실속 없는 거 아냐?"

"그렇지. 그러니까 피곤하지. 이럴 거면 그냥 본고사만 보든가. 수능은 왜 하는 거야?"

"더럽게 꼬아 놨어. 내년에 국회 의원 선거하지?"

"그렇지."

"교육에 관계된 놈은 절대 안 찍어 줄 거다. 너도 그래라."

"알았다. 혹시나 교육 제도로 왈가왈부한 놈은 안 찍을 거다."

"너는 어서 가라. 집에 가서 부모님께 알려 드려. 자랑스러운 아들이 200점 만점에 101점이나 맞았다고."

"너는?"

"나는 본고사 준비나 하련다."

수능 만점이라는 기쁨은 정말 아주 잠깐이었다.

물론 그렇다고 본고사가 나를 곤란케 한다는 말은 아니다.

단계가 또 남았다는 것에 예민해진 것뿐.

그런데 문제는 전혀 엉뚱한 곳에서 튀어나왔다.

진을 치던 기자들의 질문이 달라져 있었다.

어떻게 공부했냐는 것에서 그건 어떻게 알았냐는 것으로.

무슨 얘긴가 하면,

"작년 한 방송 프로그램에서 고 김선재 씨의 은퇴를 종용한 사실을 기억하시죠? 지금 PC 통신에서 이 일로 논란이 큽니다. 당사자로서 한 말씀 부탁드립니다."

수능 만점, 전국 수석으로 다시 내 이름이 떠오르자 김선재 팬들이 그 사건을 기억해 버린 것이다.

당시 앞장서서 나를 욕했던 사람들이니 더 선명할 테고 논란이 점점 커지자 기자의 입을 통해 나오게 되었다.

약속된 질문은 아니었으나 대답 안 하기도 곤란했다.

사람이 죽어 버렸으니까.

"그 일은 진심으로 유감입니다. 전 불행을 막고자 했으나 결과적으로 아무도 믿지 않았고 막지도 못했으니까요."

나의 이 한마디는 다시 전국을 들썩이게 했다.

놀랍다기보단 원망이 훨씬 더 많았다.

그렇게 잘 알았다면 더 적극적으로 말려야 하지 않았냐며 나를 더 손가락질했다. 가장 앞서 나를 욕했던 사람들이 제일 적극적으로.

나는 그 사람들에게도 한마디 던져 줬다.

"절 욕한다고 가책이 사라지는 건 아닐 겁니다. 저도 무척 안타깝습니다. 그러나 본인들 양심에 핑계를 대고 싶다면 다른 곳을 찾으세요. 저는 고인의 친인척도 친구도 아닙니다. 선의로 그를 구하려 했고 그 일로 당시 전 학교 다니는 게 곤란할 정도로 공격받았죠. 절 공격한 사람들은 지금 어디에 있나요? 지금 공격하시는 분들이 그분들 아닌가요? 보십시오. 지금도 이러지 않습니까? 제가 왜 공격당해야 하죠? 제가 살인자인가요? 그리고 이 정도 당했으면 남의 삶에 끼어든 대가로써 충분한 것 아닌가요? 물론 악에 물든 사람들에게는 제가 무슨 말을 하든 곱게 들리지 않을 테지만…… 자, 이쯤에서 부탁 하나 드릴게요. 이건 불특정 다수를 위한 건 아니고요. 제가 개인적으로 조심하라고 경고한 사람들에게입니다. 부디 한 번쯤 더 생각해 보시기 바랍니다. 나중에 후회 마시고요."

일파만파였다.

다행인지 이번엔 놀랍다는 쪽이 우세했다.

그동안 수와 준의 뇌출혈을 잡아내고 김정주와 유채연의 암 발언, 한창 미국에서 난리 중인 휘트니 휴슨턴의 일도 예로 들어 가며 언론이 떠들었다. 그녀마저 정말이라면 이는 노스트라다무스 이상의 대사건이라며 떠들어 댔다.

그런 사이 나는 수학의 증명 같은 게 문제로 나열되는 서울대 본고사를 봤고 이도 역시 만점을 받았다.

서울대 법대에 지원, 법대 수석, 서울대 전체 수석이라는 영예도 거머쥐게 되었다.

이쯤 되자 언론은 IQ 190 증서를 든 어릴 적 사진을 다시 꺼냈고 경북대 지천호 교수를 뉴스룸까지 끌어들여 통찰력 천재에 대해 설명하게 하였다.

그 자리에서 지천호 교수는 단언했다.

-우리는 지금 수 세기 만에 한 명 나올까 말까 한 천재와 같은 시대를 살고 있습니다. 그 천재가 다행히 인류와 국가, 민족에 호의적이고 또 그런 삶을 충실히 사는 게 참으로 다행입니다.

나를 자극하는 이들에게도 경고를 날렸다.

천재는 상리에서 벗어나기에 천재라 불림을.

일반적인 판단과 상식으로는 그 영역을 재단할 수 없으니 혹시나 불순한 의도가 있는 자가 있다면 당장 멈추라고.

그 책임은 당신뿐만 아니라 당신 주위까지 짊어지게 될 거라며 서슬 퍼런 핏대를 올렸다.

잘한다. 잘한다. 아주 잘한다.

경북대학교에 지천호관을 하나 지어 줘야겠다.

"근데 정말 눈에 보였냐?"

"뭐가?"

"김선재."

"뭐래."

"얘기 좀 해 봐. 진짜야?"

"그 얘기는 왜 또 꺼내. 안 그래도 그것 때문에 머리가 복작복작한데."

"궁금하더라고. 네가 진짜 예언가인지."

내 상태는 전혀 고려하지 않는 눈빛이다.

한태국 나쁜 놈.

이런 게 친구라고.

"야이씨, 내가 무슨 예언가냐?! 넌 아직도 언론이 나불거리는 거 믿냐?"

"언론이 나불거리는 게 아니라 네가 네 입으로 말했잖아. 보인다고."

"아, 몰라. 믿든 말든 알아서 해."

"말해 줘 봐. 나만 알고 있을게. 친구야. 친구 좋은 게 뭐냐?"

놔두면 끝까지 쫓아다니며 괴롭힐 판이라 대충 인정해 줬다.

"에이씨, 저리 가. 방송에서 떠들었잖아. 공개적으로. 넌 그런 얘기를 방송에서 할 수 있겠냐?"

"아……."

오랜만에 만났더니 흰소리나 해 대고.

한태국 아주 나쁜 놈.

이 얄미운 놈이 운도 좋아 이번 불수능에서 101점을 기록한 거로 모자라 기념 삼아 넣은 용인대 유도학과에서 심상찮은 일을 벌이고 왔다고 한다.

옛날 아버지가 몸담은 학교인 것도 있고 다른 학과에는 그다지 끌리지 않아 툭 넣었는데.

"시끄럽고 실기 본 거나 얘기해 봐. 뭣이 어쨌다고?"

"그야…… 그냥 시험 본 거지. 유도잖아. 늘 하던 거. 업어치고 메치고 몰라?"

"내가 지금 유도를 말하는 거냐? 시험 본 거나 말하라고. 거기서 재밌는 일이 있었다며?"

"처음부터 말해?"

"응."

"그러니까 때는 일천구백구십육 년 1월이지. 보무도 당당하게 시험장에 들어가니까 낙법을 해 보라 하더라고. 딱 보니 자세를 보는 것 같잖아. 기본 중의 기본. 보는 앞에서 멋지게 해 줬지. 아버지 체면도 있고 해서 FM대로 말이야. 나중엔 장애물도 놓고 해 보라 그러더라고."

"그것도 딱 해 줬어?"

"이런 것도 시험이라고 보나 싶더라. 유도학과 지원한 놈이 낙법 하나 못하겠냐?"

"낙법이 시험인지도 몰랐어?"

"응."

"너 시험 요강도 안 보냐?"

"준비물은 봤지. 도복이랑 가져오래서."

내가 이런 놈과 얘기하고 있다니.

"하여튼 낙법만 본 거야?"

"다른 것도 봤지. 낙법 끝나니까 메치기 기술을 보더라고. 내 특기. 아! 이건 좀 자세히 보더라고. 손기술도 보고 다리 기술도 보고 허리 기술도 보고. 딱딱. 매섭게. 그제야 좀 시험 보는 것 같았어."

"그래? 그래서 뭐래?"

한태국은 유도 베이스라 대련할 때마다 레슬링보단 유도 기술을 더 선호했다. 덕분에 나도 제법 유도를 익힐 수 있었다.

"뭐라긴, 별말 없이 넘어가던데. 아! 다른 애들은 몇 번이나 다시 해 보라고 시키더라고."

"그래서?"

"그래서 뭐야? 다음엔 굳히기랑 연결 기술도 보고. 아 참, 이거는 쫌 놀라더라고. 어떻게 그런 기술을 가지고 있냐고."

굳히기랑 연결 기술에 놀랐다고?

"어떤 기술을 썼는데?"

"너랑 늘 하는 거. 니온밸리에서 사이드마운트로 이어지는 거랑 사이드백에 백컨트롤, 니온밸리 - 탑스핀 - 사이드백 - 터틀포지션 같은 것들."

주짓수 기술들이었다.

무슨 얘긴지 알겠다.

"화려했겠네."

"껌뻑 죽었지. 나 같은 몸에서 어떻게 그런 유연성이 나오냐고 난리를 치더라고. 그냥 어려서부터 이것저것 수련했다고 했지. 그리고 마지막은 자유 대련."

"자유 대련도 했어?"

"응, 죄다 한판. 씨불, 네가 너무 보고 싶더라. 땀도 한 방울 안 났어. 아, 맞다. 번외로 몇 명 더 데려왔는데 걔들도 죄다 눕혔지. 그러고 났더니 나더러 어째서 지금까지 숨어 있었냐고 하더라고. 중량급 차세대 간판감이래."

일반고를 다녔으니까 몰랐겠지.

"합격하겠는데?"

"몰라. 발표 나 봐야 알지."

"잘했다야."

나중에 알았지만, 전국 대회 우승한 유도 유망주도 그때 박살 났다고 한다. 으엽, 소리 한 방에 번쩍 들어 올려 바닥에 꽂았다고. 한태국 曰, 짜식이 빈틈이 한두 군데라야지 봐주겠는데 영~ 싱거웠어.

잘은 모르겠지만, 느낌상 한태국의 등장으로 유도계 일대 지각 변동이 일 것 같았다.

유도란 스포츠의 특성상 한 체급에 절대 강자가 생기면 그 체급에 속한 선수들은 절대 빛을 볼 수가 없었다. 체급을 바꾸거나 다른 일 알아보거나…… 한태국은 그런 의미에서 하천 생태계에 뛰어든 황소개구리 같은 놈이었다.

아주 재밌었다. 그들이 한태국의 진면목을 알게 되면 어떤 일이 벌어질까? 유도보단 오히려 격투에 능하다는 걸 말이다.

'서열 정리도 다시 해야겠네. 선배라고 깝죽대다간 뼈 부러질 테니.'

칭찬해 줬다.

"이야~ 이 정도면 거의 수석감 아니야? 너 이러다 용인대 수석으로 들어가는 거 아냐?"

"에이, 아니야. 내가 무슨 수석이야. 나 같은 주제가."

"수능 101점이잖아."

"응."

"실기에서 다 압살했다며? 거기 지원하는 애들 중에 수능이 150점씩 나오는 애들이 있겠냐? 그렇다고 운동하는 애들이 내신이 좋겠냐? 다 고만고만할 텐데. 가능성 있지 않아?"

"……!"

"여태 생각도 안 해 봤나 보네."

"내……가 1등이라고?"

"그럴 가능성이 크잖아. 다른 특별 점수가 없다면야 수능도 네가 제일 높을 테고 유도도 제일 잘하고. 아니야?"

"어……."

사고가 정지된 듯.

살면서 1등이란 자기 것이 아니라 생각했던지 이 순간 한태국의 얼굴은 참으로 볼만했다.

그리고 아쉽게도.

한 달 후 한태국은 진짜 용인대 유도학과 1학년 수석이 되어 있었다.

기쁨의 눈물을 흘리는 태국이네 어머니와 아버지.

두 분은 그 영광을 나한테 돌렸다. 나랑 도서관을 같이 다니는 바람에 태국이 성적이 좋아졌다고. 넌 정말 우리 집의 구세주라고.

참고로 악바리 최연주는 이화여대에 들어가서 나중에 이대 나온 여자가 된다.

◇ ◆ ◇

1집 20만.

2집 0.

3집 0.

4집 20만.

5집 0.

6집 0.

7집 80만.

8집 20만.

9집 1,200만.

총 1,340만.

매출 1억 2천만 달러.

95년 하반기 결산이었다.

"9집이 아주 인상적이네요."

"작년 한 해만 2,700만 장이 나갔습니다. 하반기 들어 다소 수그러지긴 했지만 올해도 1,500만 장은 무난히 찍을 것 같다는 예상입니다."

휘유~.

"북미에서는 얼마나 나갔나요?"

"1,800만 장입니다."

"신나게 욕한 것치고는 엄청 많이 팔아 줬네요."

"언론이 문제지 팬들이 바뀐 건 아니니까요. 안 그래도 슬슬 반론이 나오고 있다는 얘기도 들립니다."

"반론이요?"

"휘트니 휴슨턴의 가정생활이 행복하지 않을 수 있다는 가능성이죠. 파파라치들에 의해 증거들이 속속 나타나고 있답니다."

지금은 애 낳고 화목할 때인데.

아닌가?

"아직까지는 괜찮을 텐데 벌써요?"

"예?"

"아니요. 적어도 90년대까지는 유지할 거로 봤어요."

"그렇습니까?"

"아무튼 이상하네요. 언론이 하도 떠들어서 가속화된 건가?"

휘트니 휴슨턴이 본격적으로 망가지기 시작한 건 90년대

끝점부터 2000년대 초반으로 봤다.

인터뷰 석상에 삐쩍 마른 모습으로 나타날 때 말이다. 당시 그녀는 90년대를 풍미한 Diva라고 보기엔 너무도 추해져 있었다.

어쨌든 진짜 그런 것이라면 그녀에겐 오히려 더 잘된 일일 것이다. 기생충은 빨리 떼어 낼수록 회복이 빠를 테니까.

"우리 일정은 어떻게 되나요?"

"아메리칸 뮤직 어워드가 1월 28일입니다. 그래미가 2월 28일이고요."

"아카데미……는 없겠네요. 출품한 작품이 없으니."

이것만도 부담이 확 준다.

"맞습니다. 올해는 산뜻하게 출발하실 수 있으십니다."

"28일이라…… 그래도 입학식에는 참석할 수 없겠죠?"

"걱정 마십시오. 올해는 조금 더 여유가 있습니다."

"더 여유가 있다뇨?"

"윤년입니다. 2월이 29일까지 있죠."

"아!"

28일 시상식, 29일 인터뷰, 3월 1일 귀국.

여전히 빡빡하지만 맞출 수는 있다. 다른 변수만 없다면.

평범한 사람들이 즐기는 신입생 오리엔테이션이나 MT나 같은 것까진 원하지 않았다. 단지 입학식 졸업식이라도 제대로 참석했으면 좋겠다는 마음이었다. 사진이라도 남기게.

"좋네요. 뭔가 가슴이 빵 뚫리는 느낌입니다."

"시작이 온전한 게 좋겠죠. 저도 다행이라 생각합니다."

"학교도 됐고 나머지는 문제가 없겠네요."

"벌써 발표가 났습니까?"

"아니요. 발표는 조금 더 기다려야 해요."

"그런데 어떻게……?"

"다 아는 수가 있어요."

합격자 발표가 아직 나지 않은 이때에도 나는 자신 있었다.

최소 서울대 법학과 학과 수석임을.

96학년도 입시 요강은 전기대, 후기대로 나뉘는데 전기대는 3개 학교까지 지원할 수 있고 후기대는 거의 전문대나 마찬가지였다.

그럼에도 난 서울대 법학과 한 곳만 지원했다. 내신, 수능, 본고사까지 완벽 클리어한 나에게 두 개, 세 개 대학을 상대로 원서 넣을 이유가 있을까? 인지세 아깝잖나.

피식 웃어 준 나는 아메리칸 뮤직 어워드 참석차 LA 슈라인 오디토리엄으로 날아갔다.

내게 아메리칸 뮤직 어워드는 그래미 어워드의 분위기를 점칠 아주 좋은 무대였고 그 상징성에 걸맞게 아메리칸 뮤직 어워드는 9집 : Myself에 가능한 모든 상을 몰아줬다.

여전히 휘트니 휴슨턴 건으로 인터뷰 시비를 거는 기자들이 많았으나 철저히 개무시로 일관.

어떤 불쾌감도 표시하지 않았다. 시선을 돌렸고 다른 기자에게 질문권을 주는 형식을 취했다. 공식 석상 이후 접근하는 기자들이야 경호원들이 철저히 막았고 음악 관련 질문자만 성실하게 답해 주는 것으로 끝.

다시 한국으로 돌아와 고등학교 졸업식에 참석하러 갔을 땐 입구부터 거대 현수막이 나를 반기고 있었다.

【경축. 00회 졸업 예정자 장대운. 서울 대학교 전체 수석】

이런이런이런.

서울대 전체 수석이라고?

당연히 들어갈 것을 알았고 학과 수석까지는 걱정 없었던 건 사실이지만 전체 수석까지는 생각해 보지 않아 적잖이 당황스러웠다.

황송한 마음으로 연단에 올라 졸업자 대표로 감사패를 받으며 동창들을 돌아보았다. 이 가운데에서도 유독 한태국이 잘 보인다. 저 얄미운 녀석은 용인대 유도학과 수석.

운 하나는 대통한 놈이다.

"우와, 김건몬이야."

"저기 박미견도 있어."

"오오오, 가수들 엄청 왔어."

"역시 장대운."

이번 졸업식도 오필승 그룹 간부 이하 엔터테인먼트 소속 연예인들이 대거 출동했다. 김건몬에 박미견과 '이브의 경고'로 연이 닿아 계약한 클롬에, 신승후, 노이즌, 이은민, 유채연, 김현신, 별국화, 남경준 패밀리, 미국에서 단란한 가정을 꾸린 조용길마저 와서 축하해 줬다.

영광스러운 순간 나는 두 할머니를 전면에 내세웠고 두 분 덕에 내가 이 자리에 설 수 있었음을 알렸다.

눈시울을 붉히는 할머니들…… 이제는 너무도 작아진 두 분을 한 아름 안아 드렸고 오늘을 위해 특별히 가온을 개방해 준 홍주명 대표의 도움으로 소속사와 반 친구들 전부가 소경복궁의 특별 서비스를 경험하였다. 담임 선생님의 입이 찢어졌다.

하지만 나는 며칠 쉬지도 못하고 뉴욕으로 날아갔다.

그곳에서 나를 기다리는 DG 인베스트 식구들과 으레 벌이는 보너스 파티를 열었고 그들의 반가움이 가실 즈음 또 LA로 건너가 DG 인베스트의 파트너들을 순회했다.

마이크로소프트사, 스타번스, 야후, 엔비디아.

많기도 하다.

남은 건 제38회 그래미 어워드라.

거의 모든 언론이 나의 등장에 주목하는 가운데 느릿느릿 입장한 나는 장르 필드에서만 6개를 휩쓸며 초반부터 기염을 토했고 하이라이트인 제너럴 필드 Song of the Year, Record of the Year, Album of the Year 세 부문마저 싹쓸이하였다.

나의 독무대.

그들은 나를 몬스터로 불렀고 음악의 신이라 칭송했다.

"엄청난 위업입니다. 앞으로도 이런 위업을 없을 거라 점쳐지고 있는데요. 이에 대해 어떻게 생각하십니까?"

"먼저 축하드립니다. 과연 페이트란 말이 무색하지 않을 업적입니다. 이번 그래미 어워드에서도 제너럴 세 개 부분을 휩쓸었는데……."

"저도 이번 9집 앨범을 샀는데요. 열 곡 모두 타이틀화라는 페이트 앨범의 수식어답게 어느 곡 하나 빠지는 곡이 없었습니다. 91년 1월 8집을 낸 후에 4년 만의 앨범인데 소감이 어떻습니까?"

"페이트의 음악적 역량에 대해서는 세계 누구도 감히 평가할 수 없다 하여 요즘 젊은이들 사이에서 현대의 악성으로 불리고 있는데 혹시 들어 보셨는지요?"

"어릴 적부터 그래미와 인연이 깊은데 이참에 그래미에 남길 말씀은 없으십니까?"

다들 축하해 주었다.

9집의 성공은 그동안 스캔들과 결부돼 꾸준히 제기되던 음악적 한계에 대한 의심도 말끔히 지워 주었고 여전히 모든 영광이 나와 함께하는 듯 보이게 해 줬다.

견제였다.

한창 높이 들어 올려지는 스타를 폄훼하는 건 언론사나 기자에게도 부담스러운 일.

그것을 이들은 경험을 통해 잘 알고 있었고 혹여나 그런 마음이 있더라도 음침한 곳에 숨겨 둘 뿐 꺼내지 않고 나를 축하하는 모양새를 갖췄다.

그러나 방심은 않는다.

마음 단단히 무장했고 전사의 미소로써 답례했다.

너희들이 무슨 말을 하든 나는 내 길을 간다.

생각보다 더 단단하고도 굳건한 모습을 보이자 당황한 건 오히려 이들 속에 숨은 마귀들이었다.

조금 더 있으면 인터뷰 시간이 끝난다. 이 중요한 순간을 헛되이 보낼 수 없었던 그들은 조급해했고 결국 자기 패를 꺼내고야 말았다.

"한 가지 더 질문이 있는데요. 이번 앨범이 어쩌면 지난 언론에 대한 불만을 노골적으로 표현한 게 아니냐는 말이 나오고 있습니다. 제목도 가사도 지난 앨범에 비해 다소 과격하고 부정적인 묘사를 한 측면이 많은데 이에 대해 설명해 주십시오."

"……."

네놈이구나.

선량한 양 속에 숨어든 악질적 늑대가.

잡았다는 눈빛으로 그를 봤다.

그는 흠칫했지만 내 눈을 피하지 않았다.

웃어 줬다.

"본디 대중 예술은 만든 자의 의도도 중요하겠지만, 대중의 해석이 훨씬 더 의미가 클 때가 있습니다. 제가 경험한 바도 마찬가지고요. 노래는 만들어 발표하는 순간부터 제 것이 아님을 요즘 들어 많이 느낍니다. 앞으로 대중 속에서 대중에 의해 살아갈 그것에 대해서는 제가 더 드릴 말씀이 없네요. 답변이 됐나요?"

선량한 양이라면 이 정도에서 끝이 날 테지만.

상대는 양의 탈을 쓴 늑대.

"그렇다 치더라도 8집 Change The World와는 너무도 다른 색이 아닙니까? 이건 어쩌면 공격당한 것에 대한 저항일 수도 있다는 의미가 아닐까요?"

"기자님은 페이트 앨범을 제대로 듣지 않은 모양이시네요."

"어째서 그런 말씀을 하십니까?"

"1집부터 살펴보세요. 무엇을 담고 있는지. 제 앨범의 주제는 굳이 설명하는 게 입이 아플 정도로 명확합니다."

"직접 설명해 주시면 안 되겠습니까? 이는 팬들도 무척 궁금해하는……."

"그러니까요. 제 팬은 다 알고 있는 사실을 어째서 기자님만 모르실까요? 들어 보셨잖아요. 저는 첫 앨범을 만들 때부터 주제를 숨기지 않았습니다. 하지만 이도 대중의 해석에 의해 변화될 수는 있겠죠. 그것이 대중 예술의 속성이니까요."

호기심 가지던 다른 기자들도 내 말이 옳다는 듯 그를 쳐다

보았다.

더 무슨 말이 필요하냐고. 이제 됐지 않냐고. 그만하라고.

이 좋은 자리에까지 와서 어째서 행패를 놓냐는 분위기에 그는 결국 자기가 물어보고 싶은 것을 꺼냈다.

"휘트니 휴슨턴에 대한 악의적인 언사를 내놓은 것에는 아직도 사과할 마음이 없습니까?"

그제야 다른 기자들도 이 사람이 어째서 나를 물고 늘어졌는지 알겠다는 표정을 지었다.

나도 물론 황당하다는 표현을 해 줬다.

"무슨 말씀을 그렇게 하십니까? 그 건은 애초 처음부터 사과하고 시작했어요. 그리고 휘트니는 저를 용서했죠. 그녀가 용서한 일을 꺼내 세계 방방곡곡으로 실어 나른 건 제가 아닙니다."

"하지만 결혼한 지 열흘밖에 되지 않은 신부에게 이혼을 종용한 건 잘못됐지 않습니까? 그들 부부는 아주 잘살고 있습니다. 그리고 사과했다는 증거도 없고요."

"증거는 알아서 생각하시고. 그러니까요. 왜 잘살고 있는 부부를 언론에서 자꾸 건드는 거죠? 무슨 의도일까요? 단지 시청률, 판매 부수 신장이라면 정말 실망이고요. 진실은 처음과 같습니다. 나는 조언했고 그녀는 거부했어요. 나는 사과했고 그녀는 받아들였죠. 그리고 지금까지 잘살고 있죠. 무엇이 문제죠?"

"그 시작이 문제입니다. 어째서 예언자처럼 행동했습니까?

페이트 당신이 신입니까?"

"점점 질문이 궁색해지네요. 주제넘게 나선 것에 대해 미련이 남으신 것 같은데. 기자님 말씀대로라면 백악관에 올라가는 미래 보고서부터 각 기업체가 시장을 분석한 자료도, 이렇게 당당히 '아니다' 말할 수 있는 기자님도 신의 위업에 도전하는 것인 걸 모르십니까? 이 세상에서 확실한 건 과거밖에 없다는 걸 아신다면 부디 겸손을 찾으세요."

"제가 어째서 신의 위업에 도전한 겁니까? 전 있는 사실을……."

"그러니까 있는 사실만을 보도해야죠. 팩트만. 추측과 망상, 악의적인 매도가 아니라. 더는 불쾌해서 안 되겠네요. 자, 이제 인터뷰를 끝내도록 하죠. 다른 분들은 질문 없으시죠?"

"……."

"……."

"……."

"……."

"……."

"……."

손드는 이가 없었다.

나는 일어서다 말고 다시 마이크를 잡았다.

"다시 말씀드리지만, 나는 앞으로 제 삶이 짊어질 무게감이 무서워서라도 빈말이란 걸 하지 않을 겁니다. 농담을 하게 된다면 꼭 농담이라고 말해 주겠다는 겁니다. 그러니 다른 의도를 가진 사람들은 명심해 주세요. 더 이상 이런 일로 왈가왈부하지 않길 바랍니다. 이제 나도 성인이 됐고 호도와 가짜에 대해서는 절대로 참지 않을 테니까요."

마지막 도발에 언론들은 또 신나서 나를 까 댔다.

온갖 자극적인 헤드라인과 논평으로 자극했고 악의적인 기사로 도배했다.

그나저나 같은 자리에 있던 수십 명의 기자는 무엇이었을까?

단 한 명이었을 뿐인데도 그 한 명이 언론의 흐름을 주도하고 그 주도에 현장에 있던 수십 명은 눈을 감고 입을 다물었다. 진실을 외면하기 바빴다.

이것이 언론.

그러나 괜찮다.

다 예상 범위.

지금도 DG 인베스트 작은 룸에는 자료가 착착 쌓이고 있었다.

피식 웃은 정홍식이 배부르다는 듯 복부를 두드렸다.

"엄청난데요. 도발에 완전히 걸려들었어요."

"그럴 줄 알았죠. 일 한두 번 하는 게 아니죠."

"이제 어떻게 하실 겁니까?"

"때를 기다려야죠."

"때라면 결국 그것인가요?"

"요새 삐끗하고 있다면서요?"

“꽤 많은 파파라치가 달려들고 있답니다. 다투는 장면도 여러 번 포착됐죠.”

“그렇군요.”

“설마 총괄님이 그녀의 불행을 바라시는 건 아닐 테고 다른 의도가 있는 겁니까?”

있지.

“대표님은 왕따가 어떻게 시작되는 줄 아세요?”

“그야…….”

“처음부터 대놓고 왕따시키는 사람은 없어요. 욕도 하면 할수록 늘듯 처음 한두 대 툭툭 건들던 것이 나중엔 노골적이 되죠. 그래도 되는 사람처럼요. 당하는 사람도 마찬가지예요. 어느새 종속적이 돼요. 옆에서 누가 말해 주고 막아 주지 않으면 학교 다니는 내내 괴롭힘을 당하죠.”

“그 말씀은…….”

“오히려 파파라치가 그녀를 구할 거예요. 언론에 나오는 자기 모습을 보면서 깨닫게 되겠죠. 지금 자기가 끌고 가려는 게 무엇인지.”

“아아…… 그렇게도 흘러가겠군요.”

“세상에 완벽히 나쁜 건 없어요. 좋은 쪽으로 이용하면 얼마든지 좋은 도구가 되겠죠.”

내 스캔들이 커질수록 파파라치들은 신날 것이다.

휘트니 휴슨턴 부부가 다투거나 싸우는 모습을 포착한 사진은 귀해질 테고 그 값은 천정부지로 치솟을 것이다. 어쩌면 이미 이걸 노리고 주변에 침투한 자들이 있을 수도 있었다. 그쪽 세계도 가요계 이상으로 치열하니까.

그 사실이 나를 즐겁게 했다. 공항까지 쳐들어온 기자들을 보면서 손도 흔들어 줄 수 있을 여유가 생길 만큼.

손 흔드는 사진이 또 신문 1면에 실려 '미국을 비웃는…….' 등으로 악용됐으나 이젠 상관없었다. 나는 한국에 있을 테니.

◇ ◆ ◇

다소 피곤하긴 했지만, 무사히 입학식을 마쳤다.

서울대 법대 1학년 1학기에 배우는 전공과목은 법학개론, 대학국어, 대학영어였다. 나는 이학주의 조언에 따라 나머지 시간을 전부 교양으로 채웠다. 그 바람에 넓은 교정을 바쁘게 쏘다녀야 했는데.

우리 아파트엔 아직도 '수능 만점', '전국 1등', '서울대 전체 수석'이라는 현수막이 걸려 있었다. 그 현수막을 보는 우리 할머니들은 지금도 눈시울을 붉힌다.

그렇기에 나는 서울대도 성실히 다니고 또 좋은 성적으로 졸업할 의무가 있었다.

나의 학창 시절은 아직 끝나지 않았다.

"에헴, 저는 장대운이고요. 이번에 96학번으로……."

본래라면 귀찮았을 자기소개도 그래서 성의껏 했다. 나에게 거는 기대가 큰 교수님들과도 잘 지내야 했고. 다만 한 가지, 나는 기본적으로 대외 활동이 많아 과대로의 선출은 막아야 했으니 그것만은 피했다.

물론 이 부분에서 살짝 어긋남이 있었으나 교수님도 그렇고 선배들도 나를 아는 이들은 나의 대외 활동이 많은 걸 아는지라 반대하는 사람이 적었다.

그래도 절대로 빠질 수 없는 자리가 있었다.

술자리.

만나는 얼굴마다 막걸리에 소주에 진탕 퍼붓길 원했고 나는 평탄한 학교생활을 위해서라도 열심히 어울려야 했다.

일곱 살 때부터 그토록 간절했던 술자리라 내가 더 원한 것도 있지만, 어쨌든 하루가 멀다고 고주망태가 되어 돌아오는 손주를 보는 할머니의 표정엔 어느새 심란함만이 더해 갔다.

대한민국 최고라는 서울대 법대에 들어갔는데 막상 하는 짓은 동네 아저씨들이랑 다를 게 없었으니까.

나는 이걸 신고식이라고 표현했다.

그래, 신고식이었다.

"요즘 너무 달리시는 거 아닙니까?"

김연이다.

모처럼 출근했더니 바로 달려왔다.

"아이고, 골이야. 그런가요?"

"매일 술이지 않습니까? 그렇게 마시면 아무리 젊어도 탈 납니다."

"신고식이잖아요."

"제가 보기엔 오히려 즐기시는 것 같은데요."

"사실은…… 그런 측면도 있어요. 회식할 때마다 요구르트나 사이다를 마셨던 울분을 마침내 푸는 거니까요."

"하하하하, 그렇습니까? 그럼 당분간은 모른 척해야겠군요. 사실 오늘도 정은희 부장이 옆구리 찔러서 온 겁니다."

"어휴~ 눈치 많이 주던가요?"

"정 부장의 총괄님 걱정이야 오필승이 다 아는 사실 아닙니까? 자, 이것부터 드십시오."

꿀물이랑 여러 가지를 내놓는다.

"정 부장님이 보낸 건가요?"

"전 그냥 요 앞에 나가서 대구탕 하나면 된다고 했는데 이러네요. 보양해야 한다고."

"대구탕이 땡기긴 한데 다 먹어야겠죠?"

"그게 신상에 이롭지 않겠습니까?"

"그러네요."

정은희를 거슬러서는 안 된다.

왜냐고 묻는다면 답할 말이 없지만, 아무튼 그녀를 거스르면 안 된다는 건 오필승의 불문율이었다. 나조차도.

얼른 입에다 욱여넣고 꿀물로 넘겼다.

"후아~ 쪼금인 줄 알았는데 제법 묵직한데요. 벌써 배부른 것 같아요. 대구탕 먹고 싶은데."

"1시간만 쉬다가 나가시죠. 저는 기다릴 수 있습니다. 저번에 가서 먹어 봤는데 정말 끝내주더라고요. 쪼그라든 위가 한방에 쫘악 펴지는 경험을 원하신다면 포기하지 마십시오."

"그 정도예요?"

"그뿐입니까? 여기 여의도도 이젠 맛집 천국입니다. 길 건너 대상빌딩 지하에 있는 해물탕집도 숙취 푸는 데는 최고입니다. 한 수저만 떠 넣어도 몸이 화악 풀리면서 땀이 송골송골 맺히죠. 총괄님이랑 갈 데가 아주 많습니다. 모르시겠지만 저도 이날만을 기다렸죠. 요만할 때부터 언젠가 같이 한잔할 날이 있겠지 하면서요. 하하하하하."

"당연히 같이 마셔야죠. 말이 나온 김에 오늘 해물탕에다 달릴까요?"

"괜찮겠습니까?"

"우린 또 오후부터는 말짱해지잖아요. 갑자기 해물탕도 확 땡기는데요."

"좋죠. 아 참, 거긴 전복도 하나 올려 줍니다. 오늘은 기념 삼아 전복은 총괄님께 양보하겠습니다. 하하하하하."

만난 김에 쑥덕쑥덕 김연이랑 탈출 계획을 세웠다.

해장한다고 나가 버리면 아무리 정은희라도 우릴 못 찾는다. 나가는 순간 오늘은 자유.

그때.

똑똑똑.

정은희가 고개를 빼꼼.

흠칫.

심장이 두근두근.

스윽 쳐다보는 눈길에 김연과 나는 도둑질하다 걸린 것도 아니면서 고양이 앞의 쥐처럼 옴짝달싹 못 했다.

"실장님, 뭐 해요?"

"아, 그게…… 지금 정 부장이 준 거 총괄님 드리고…… 앞으로 술자리 조심하라고 조언 중이었지."

더듬더듬.

저 김연마저 정은희에게는 안 된다.

나도 필사적으로 고개를 끄덕였다. 정은희에게 잡히는 순간 해물탕은 물 건너간다.

"어머, 다 드셨네. 몸은 괜찮아요?"

"좀 쉬면 다 나을 것 같아요."

"그러게 술을 그렇게 드시면 어떡해요? 대학생이 됐다고 몸을 막 쓰시면 안 돼요. 알았어요?"

"예, 조심할게요. 초창기라 그래요. 신입생 환영회도 있고 과팅도 있고 선배들과의 만남도 있고 MT도 가야 하고……."

"어쨌든 안 돼요. 거기 법 공부하러 간 거 아니에요?"

"그죠."

"공부만 하세요. 술은 그만하시고."

"하지만 자꾸 주는데 거절하기도……."

"쓰읍."

"예."

'아니다' 할수록 말이 길어진다. 안 되는 게 늘어나고.

이럴 땐 침묵이 최선.

김연도 나도 정은희가 부스러기를 치울 동안 입 다물고 가만히 앉아만 있었다. 주섬주섬 다 챙긴 정은희가 나갈 순간을 기다리며.

하지만 정은희는 정은희.

문고리를 잡다 말고 돌아서서 어떤 소식을 던졌다.

"아 참, 내 정신 좀 봐. 중국 대사관에서 전화가 왔어요. 거기 외교관이 이쪽으로 온다고요. 뭐라 더 얘기하긴 했는데 자기 말만 하고 끊어 버려서 자세한 건 못 들었어요."

"예?"

뭐지?

중국 대사관이 왜 나와?

더 기분 나쁜 건 꼼짝없이 기다려야 한다는 얘기였다. '김연과 함께 해물탕에 한잔'만 기대하며 잔뜩 약이 올라 있었는데.

Chapter 100

# Chapter 100

툴툴대며 30분쯤 기다렸나?

정은희가 챙겨 준 음식이 슬슬 소화될 때쯤 정장을 잘 차려 입은 동양인 두 명이 들어왔다.

"저는 중·한 경제 협력부 담당인 위샤오신이라고 합니다."

"아, 예. 장대운입니다."

"서양에서 유명하신 페이트를 뵙게 되어 영광입니다."

서양에서?

"아, 예. 감사합니다."

"약속도 없이 갑자기 결례를 범하게 되어 죄송하지만 급한 일이 있어 이렇게 찾아왔습니다."

"예."

분위기부터가 고압적인 게 이런 일에 익숙한 사람 같았다. 예전 디즈니의 그 담당자같이.

단지 몇 마디 나누지도 않았는데도 '내가 얘기할 테니 너는 들어라'라는 태도.

미간이 점점 찌푸려졌다.

물론 대화 자체는 문제가 없었다. 예의와 형식을 갖추고 자세도 그러하지만, 말투와 눈빛이 으음…… 돈 받으러 온 사채업자 같았다.

여긴 우리 집인데.

나는 빚진 것도 없고.

"제가 이번에 찾아오게 된 이유는 복기-2 때문입니다."

"복기-2……요?"

"어째서 우리 중국에 제휴해 주지 않으십니까?"

"예?"

"한국 정부와는 진즉 얘기됐습니다. 허락이 떨어졌음에도 차일피일 미루는 이유가 뭡니까? 정부가 허락했으면 마땅히 실행시켜야 하는데 어째서 오필승은 우리 중국 정부와의 대화를 시도하지 않으시는 겁니까?"

질문의 형식을 띠었지만.

주먹질이었다.

그것도 다짜고짜 날리는 주먹질.

첫인상부터 안 좋다더니.

"잠깐, 잠깐만요."

"예."

"누구 허락을 받았다고요?"

"한국 정부입니다."

"그러니까요. 한국 정부 누구요?"

"못 들으셨습니까?"

"허어……."

'뭐지?'

순간 옛 기억이 잠시 떠올랐다.

중국 쪽에서 자꾸 컨택해서 귀찮다는 말을 김영산이 한 적 있었다. 스치듯 지나간 말이긴 한데.

김영산인가?

아닐 것이다.

그가 관여돼 있다면 나에게 먼저 물어봤겠지.

위샤오신은 이 잠깐의 고민도 놔두기 싫었는지 고삐를 늦추지 않았다. 고삐를 너무 당기면 말에서 떨어지는 것도 모르나?

"우리가 무척 곤란하게 됐습니다. 당에 보고한 게 언제인데 아직도 일이 지지부진하다고요. 이 일을 어떻게 책임지실 겁니까?"

책임까지 운운한다.

아무리 좋게 생각해도 이해가 안 가는 처사.

설사 일이 진행 중이라 해도 내가 자기네 당이랑 무슨 상관이 있다고 저렇게 유세일까. 게다가 한국 정부가 허락했으면 진즉 찾아오지 여태 뭐 하고 있다가 이 난리인지.

설마 우리가 찾아올 때까지 기다렸다는 건가?

짜증이 올라왔다.

겨우 이런 말을 들으려고 해물탕에 소주를 날린 건가?

"기다리세요. 우리도 무슨 일인지 알아봐야 하니까."

"기다리라뇨. 국가 간의 약속을 마음대로 처리해도 되는 겁니까?"

"이게 국가 간의 약속인지 아닌지 내가 어떻게 압니까? 갑자기 와서 이러시면 다 들어줘야 하는 건가요? 내가 중국 대사관에 가서 중국 정부가 허락했다며 상해땅을 불하해 달라면 해 줄 거예요?"

"그게 무슨 말도 안 되는 얘기……."

"그러니까 대기하시라고요. 뭘 알아야 퍼즐도 맞추죠."

"우리 중국을 무시하는 겁니까? 나한테 이렇게 대하고 사업이 잘 진행될 것 같소? 내가 이런 대접을 받고 가만히 있을 것 같소?"

이게 또 왜 그렇게 가는 거지?

도통 맥락을 모르겠다.

기다리라는 게 무시인 건가?

말도 짧아지고.

그렇다면 나도 짧아져야지.

“더 소란 피우면 쫓아낼 거야. 너랑은 앞으로 어떤 대화도 하지 않을 거고. 계속할 거야?”

“이 사람이!”

“백 팀장님.”

“예.”

백은호와 몇 명이 우르르 들어왔다.

그제야 위샤오신 외 1명도 움찔.

“손님 나가신답니다. 배웅해 주세요.”

“옙! 나가시죠.”

“당신이 이러고 무사할 것 같아?! 감히 대중국의 외교관을 쫓아내다니 조그만 소국의 사업가 주제에.”

옴마야, 그런 생각을 가지고 계셨어?

“아이고, 무서워라. 몸이 막 덜덜덜 떨리네요. 빨리 쫓아내 주세요. 무서워서 꼴도 보기 싫네요.”

“알겠습니다.”

위샤오신 외 1명은 쫓겨나도 그냥 쫓겨나지 않았다. 진상을 부리며 발로 차서 책상을 넘어뜨리고 화분도 깨고 욕지거리에 난리를 쳐 댔다.

어쩔까나 다 녹화되고 있는데.

영상을 확 풀까 하다가 일단 대기시켰다.

그러자 이번엔 1시간도 안 돼 얼굴이 빤질빤질한 중국 대사가 직접 찾아왔다. 위샤오신을 대동하고서.

나는 자신을 장칭홍이라 소개한 중국 대사는 쳐다보지 않고 위샤오신만 봤다.

"또 왔네. 너랑은 대화 안 한다고 말했잖아."

"이익."

발끈.

그래도 대사 앞이라고 참는 기색이다.

"가만히 안 있겠다며? 뭐라도 해 보지 왜 그러고 서 있어?"

"……."

"우리 집기 부서뜨리고 화분 깨뜨리고 소란을 피웠으니 손해 배상 청구가 들어갈 거야. 그건 알고 있어라."

"이……."

드디어 못 참고 발작하려는데 장칭홍이 스읍 하고 쳐다보자 바람 빠진 풍선처럼 쭈그러들었다.

눈으로 등신이라고 말해 주었다.

부들부들.

"허허허허허, 일이 어떻게 된 건지 알아보라고 보낸 직원이 마음만 급해 그만 실례를 범했나 봅니다. 차치하고. 우리 중국 정부가 궁금한 건 하나뿐입니다. 어째서 우리 중국과는 기술 제휴를 맺지 않겠다는 것입니까?"

행패 부린 걸 차치한단다.

누구 마음대로.

“그게 무슨 말씀이시죠?”

“무선 통신 대리인 DG 인베스트가 동남아 순회까지 끝낸 거로 알고 있습니다. 하지만 중국은 그냥 지나치더군요. 혹시나 대한민국 정부의 언질이 있었나 싶어 문의했더니 아무런 문제가 없다는 답변만 받았습니다. 우리로서는 섭섭하기 그지없는 일이라 물어보지 않을 수가 없었습니다. 여기 충성스러운 위샤오신으로서도 답답한 마음에 그만 실례를 범하게 된 거고요. 이해해 주십시오.”

이 사람도 마찬가지였다.

말투는 점잖았지만, 내용과 태도는 전혀 그렇지 않았다.

니가 우리 중국을 의도적으로 배제한 거냐는 질타를 문제될 게 없는 단어의 나열로만 해내고 있었다.

‘그래도 두목급이라 그런지 노련하고 예리하긴 하네.’

일단은 맞다. 중국을 지나친 건.

왜냐고?

그냥 싫어서.

“으흠, 마음이 앞서서 무례를 범했다는 말은 도저히 받아들이기 힘드네요. 지금도 저렇게 노려보는데 마음만 앞선 거라니. 중국은 마음만 앞서면 상대를 죽일 듯이 노려봐도 되는 국가인가 봅니다.”

“물론 그건 아니지요. 그래서 이렇게 사과하러 데리고 왔지 않습니까?”

"세워 둔다고 해결되겠습니까? 자본주의 사회에서 잘못했으니 사과도 자본주의식대로 해야지요."

"자본주의식대로라. 어떤 식인지 물어봐도 되겠습니까?"

"그건 나중에 보면 아시고요. 그래서 오늘 오신 용건은 무엇입니까?"

"……."

장칭홍의 미간이 살짝 찌푸려졌다 펴졌다.

지금까지 그 얘기를 하였는데 내가 아무렇지도 않게 다시 용건을 물어서였다. 참고로 이는 중국식 화법이었다. 상대의 진을 빼놓는.

"흐음, 다시 말씀드리죠. 우리 중국은 복기-2를 원합니다."

"복기-2는 대한민국을 위한 무선 통신 기술입니다."

"그 보안성과 효용성이 복기-1과는 비교도 안 된다고 들었습니다."

"잘못 들으셨습니다. 별 차이 없습니다."

"크음, 한국은 이미 상용화에 성공했다고 들었습니다."

"모르겠군요. 제가 일일이 신경 쓸 바가 아닌지라."

"……."

너무 깐족댔나.

날 쳐다보는 눈빛에 슬슬 분노가 들어차는 게 보였다.

"왜 그렇게 쳐다보시죠?"

"크흠, 아닙니다. 어쨌든 이 사안은 우리 중국 정부가 대한

민국 정부에 정식으로 요청했고 허락까지 받았다는 겁니다."

"구체적인 이야기를 듣지 못해 모르겠습니다."

"정부와 긴밀하게 협조 중이지 않습니까?"

"엄연한 민간 개발인데 정부와 긴밀할 이유가 있나요?"

"……."

"……."

"우리 중국은 한국과 수교 통상 중이고 앞으로 많은 사업에서 연결될 겁니다. 무선 통신 사업도 또한 그렇게 될 테니 잘 좀 알아보시기 바랍니다."

"잘은 잘 모르겠고 또 알아본다면 알아봐야겠지만, 대사님 말씀의 맥락은 우리 한국 정부가 중국과 기술 제휴를 해도 좋다고 말했다는 것 같은데 맞나요?"

"맞습니다."

"그러니까 우리 오필승이 중국 측과 긴밀하게 제휴할 기술이 있나요?"

"그 건은 차차 실무 협상을 통해 진행시키면 될 일입니다."

"그렇군요. 그런데 뭐가 문제죠?"

"……!"

관자놀이에 핏줄이 빠직.

"커허엄, 기술 제휴에 대한 허락을 받았는데 어째서 우리 중국에 제의하지 않느냐는 겁니다."

"제가 왜요?"

"예?"

"저는 양국 간에 무슨 얘기가 오갔고 또 누가 허락을 하고 허락을 했는지조차 몰랐는데 어떻게 제의하죠? 다시 말하지만, 전 이 일에 대해선 1도 모르고 있었습니다."

"……."

"그리고 설사 알았다고 치더라도 제가 왜 중국에 그 제의를 먼저 해야 하죠?"

"……!"

"그러니까 빙빙 돌리지 말고 이유를 시원스럽게 말씀해 주세요. 제가 왜 중국에 먼저 제의해야 하는지."

"그야……."

말을 멈추고 나를 쳐다본다.

나도 일의 전말이 대충 눈에 보였지만…… 중국은 통신망 개설에 자기들이 빠진 게 불만이라는 얘기고, 이것저것 다 떠나 카피의 천국답게 무선 통신도 얼마든지 베낄 수 있는데 그렇게 가는 순간 국제적 소송은 피할 수 없을 것이고 한창 외국의 투자를 받는 입장에서 치명적인 결과를 낳을 수 있다는 걸 알기에 조심하는 중이다.

여기에서 잊지 말아야 할 건 미국이 소송의 나라라는 것이다.

이 일이 커지는 순간 무역 마찰은 기본, 미국의 대중국 지원 계획도 중단될 것이고 미국 정부도 정부 차원에서 나서지 않을 수가 없게 된다. 더구나 내가 떠들기 시작하면 사태가 걷잡을 수 없이 흘러갈 테고 말이다. 미국 대통령도 바꾸는 놈인데 안 그렇겠나?

그래서 만만한 한국 정부에 요청했는데 이후 벌어진 일이야 뻔했다.

해라. 얼마든지 해도 좋다.

1992년 수교 이래 한·중은 각자 원하는 바에 충실했고 한창 사이가 좋았으니 허락 안 해 줄 이유가 없었다.

문제는 이들의 태도였으니.

'한국 정부야 허락해 줬으니까 너희가 알아서 하라는 것일 테고 이들은 한국 정부가 허락했으니 우리가 알아서 올 거라 본 거로군.'

위샤오신 말대로 소국 주제에 어째서 대국을 기다리게 한 거냐는 것이다.

그냥 찾아와 문의하면 될 일을 한국형 무선 통신 상용화가 성공한 후에야 부랴부랴 일을 만든 이유는 결국 이것이었다.

체면.

그래서 나는 더욱더 최대한 궁금하다는 뉘앙스를 풍겼다. 이들의 약이 오르면 오를수록 중국의 무선 통신 상용화는 멀어질 테니까.

"정말 모릅니까?"

"제가 오늘 처음 본 대사님의 의도를 어떻게 파악하겠습니까? 말씀을 해 주셔야 판단을 하죠. 이는 상식 아닙니까?"

"허어……."

"왜 한숨이시죠? 한숨은 제가 쉬어야 하는 게 아닌가요? 난데없이 들이닥쳐 일도 못 하게 하더니 집기를 부수고 행패를 부립니다. 이제는 주저앉혀 놓고 어디 가지도 못하게 하시네요. 제가 중국을 어떻게 판단해야 하나요?"

"예?! 지금 우리 중국을 판단한다고 말씀하셨습니까?"

인상을 팍 찌푸린다.

그런 건 위샤오신에게나 하지.

"말씀 그대로입니다. 강압적인 두 분을 보니 중국에 진출하는 게 맞는지 도통 의심스러운 마음뿐입니다. 좋을 때는 누구나 좋습니다. 문제는 수틀렸을 때인데. 두 분 행동을 보니 갑자기 일을 틀어 버릴 수도 있겠다는 예감이 드네요."

"방금 위험한 언사를 하신 건 아십니까?"

"사업가로서 우려할 수 있는 문제죠. 실제로 중국은 일당 독재 체계를 유지하는 나라잖아요. 규제도 많고 100% 지분을 가지는 것도 안 되고 공장을 짓더라도 땅을 사는 게 아니라 임대해야 하잖아요. 그 말은 주인이 나가라고 하면 나갈 수밖에 없다는 뜻인데. 아닌가요?"

"그건……."

"흑묘백묘라고 노선을 바꾼 건 환영합니다만 한창 도움을 받는 입장인데도 이렇게 고압적이시니 나중에 살판나면 어떨까 두렵다는 겁니다. 혹여나 압니까? 요원을 직원으로 위장 침투시켜 우리 기술을 빼내려는 시도를 할지.”

“우리 중국은 대국의 기상이 살아 있는 나라입니다. 그런 치졸한 짓을 하지 않습니다. 약속 또한 철저히 지킵니다.”

아무렴.

그래서 홍콩도 그리 집어삼키고 국제적 조약도 마음대로 짓이기고 휴대폰에 도청 장치를 넣었냐?

아시아의 깡패 국가로서 위명은 2020년대를 살아온 세계인이 아는 사실이다. 그러면서도 자기들이 불리하면 미국한테는 몇십 년 전 조약을 들먹이며 약속을 지키라고 하고.

애들은 당최 믿을 수가 없다.

매일 매시간 지켜볼 수도 없고 결국 코뚜레를 걸어야 그나마 통제 가능하다는 건데.

물어봤다.

“약속을 지킨다고 하셨으니 계약서의 위중함 정도는 아시겠죠?”

“압니다. 알기에 이렇게 노력하는 게 아니겠습니까?”

“그렇다면 피차 무엇 때문에 이 같은 일이 일어났는지 인식했다는 전제하에서 조건을 말하지 않을 수가 없네요.”

“조건이라고요?”

“안전장치를 달라는 거죠.”

“안전장치라…… 알았습니다. 일단 들어나 보죠.”

“제 조건은 하나예요.”

"무엇입니까?"

"현재 사 모은 미국 채권과 앞으로 사 모을 미국 채권의 권리 양도."

"예?!"

"허튼짓하면 그 권리를 우리 오필승에 넘겨주신다는 중국 정부의 승인과 미국 정부의 승인을 받아 오시면 기술 제휴에 들어가겠습니다."

"무슨 말도 안 되는……."

벌떡 일어나려 한다.

"일어나시게요? 협상 결렬입니까?"

"……."

나가지는 못한다.

그만큼 급하다는 것.

그럴 것이다.

다른 나라는 1천만이니 2천만이니 가입자를 생산하는 판에 중국은 시작도 못 했다. 지금 시작해도 상용화까지는 최소 1년 이상 걸릴 테니 더 늦으면 이쪽 계통으로는 절대 따라잡지 못할 것이다.

이를 이 사람도 잘 알고 있다는 것.

"말도 안 되는 조건입니다. 세계 역사를 뒤져 봐도 이러한 경우는 전례가 없을 겁니다."

"없으면 안 해야 하는 건가요? 이 일은 순전히 중국 측에서 먼저 요청한 일이잖아요. 우리 오필승의 근간인 무선 통신 기술을 요구하시면서 잘못됐을 시 팔 하나 떼어 낼 각오는 안 하시다니 이거 섭섭한데요."

"우린 10억 시장입니다."

"그거 하나도 안 부럽다고요. 그거 없어도 사는 데 지장 없어요."

"이런 일은 없습니다. 어떻게 이런 조건을……."

"결정할 권한도 없으시면서 자꾸 시간만 축내시네요. 그러다가 조건이 하나 더 늘어날 수도 있어요. 거기까지 책임질 수 있으세요? 이럴 바엔 조속히 보고하는 게 나을 것 같은데. 아닌가? 그동안 우리가 찾아오길 기다리며 차일피일 미뤘으니 징계는 피할 수 없으시려나?"

"……."

"돌아가세요. 부디 다음에 오실 땐 전권자가 동행했으면 좋겠네요. 제 얘기는 끝났습니다."

"……."

안 나가고 버틴다.

"우리 백 팀장님을 또 불러야겠네요. 이번엔 제발 좀 곱게 나가세요. 책상을 발로 차고 욕하고 그래서 우리 여직원들이 많이 놀랐습니다. 이 얼마나 모자란 행동인가요."

"크으음……."

핏발 선 눈이 위샤오신에게 향했다.

너 때문에 일이 틀어졌다는 듯.

알 게 뭔가.

중국 대사는 나갔고 나는 저들이 가져올 협상안을 기대하며 다음을 기다리면 된다.

하지만 나를 찾아온 건 중국이 아니라 한국이었다.

그것도 대한민국 행정의 넘버3인 경제부총리란 양반이 사무실로 들어와 훈계를 늘어놓았다.

"안녕하시오."

"예, 어서 오십시오."

"내 요새 오필승의 활약은 잘 듣고 있소. 음반뿐만이 아니라 기술로써 우리 한국의 국제적 위상을 드높인다고요?"

"예, 그렇다고 하네요."

어색한 시간도 갖고.

다짜고짜 찾아온 걸 보아 할 말이라는 게 뻔할 텐데 마치 정치인이란 이래야 한다는 걸 보여 주는 것처럼 내가 먼저 용건을 꺼내게 유도하기 바빴다.

그러나 누군들 도긴개긴.

이 세상에서 권위로 나를 누를 수 있는 인간은 없다.

그냥 아무 말 없이 쳐다봐 줬다. 너 왜 왔냐고.

결국 그는 찾아온 용건을 자기 입으로 꺼냈다.

"큼큼, 서로 바쁜 걸 아는 사이에 긴말 안 하겠소. 우릴 좀 도와주시오."

"무엇을요?"

"얼마 전 중국 대사가 다녀간 걸 알고 있소. 그걸 좀 해결해 주시오."

"어떻게요?"

"중국의 요구를 들어주시오."

"왜요?"

"……."

너무 깐족댔나?

나를 보는 눈길이 매서워졌다.

그래도 가만히 버티자 이젠 나를 혼내려 한다.

"지금 오필승 때문에 나라가 입을 손해가 얼만지 아시오?! 중국이 우리와의 무역을 다시 생각해 본답니다! 그렇게 되면 중국과 진행할 프로젝트가 모두 무산되오. 이 얼마나 큰 국가적 손해요. 복기-2야 가서 설치해 주면 끝날 일이잖소. 일을 어렵게 만들지 마시오."

쫄래쫄래.

깨갱 깽깽.

한국의 경제부총리가 아니라 중국 밥 먹은 강아지 새낀가?

"재밌네요."

"재밌다고?"

"제가 이러는 이유를 경제부총리님이 말씀하시잖아요."

"내가 무슨 말을 했다는 거요?"

"오필승 때문에 나라 간 무역에 마찰이 생겼다고요. 고작 회사 하나 때문에."

"그게 무슨……."

"직접 겪으면서도 모르겠어요? 회사 하나 때문에 한국과의 교역을 그만한다면서요. 중국이."

"……?"

"정말 모르시나 보네요. 경제부총리 맞으세요? 어떻게 이 중대한 흐름을 놓칠 수 있죠?"

"이 사람이 정말! 호의로 온 사람마저 적으로 돌릴 셈이오?! 이렇게 해서 오필승이 한국에서 살아남을 것 같소?!"

뭔 개소리를 이렇게 신랄하게 하는지.

김영산은 어찌 이런 사람을 경제부총리란 자리에 올렸을까?

"깡패도 아니고. 남의 집에서 소리나 지르고. 예의를 밥 말아 드시겠다면 똑같이 해 드릴 수도 있는데. 과연 누가 손해일까요?"

"뭐, 뭐요?!"

"겸손을 찾으세요. 전쟁이 일어나는 것도 아닌데 중국이 지금 고깟 일반 회사 하나 때문에 나라 간 교역마저 흔들어 버리는 상황이라고 말씀하셨잖아요. 그 말인즉슨 그런 나라에 무엇을 약속받는다 한들 지켜지겠어요? 고작 오필승이 제 권리를 지킬 수 있겠느냐는 말입니다."

"아니, 그래도 일부터 해야 하지 않겠소. 이런 식으로 딴지

놓다 보면 좋았던 분위기가 다 사그라진단 말이오."

"누구를 위한 분위기인데요? 경제부총리님은 어째서 중국에 설설 기는 거죠? 중국은 우리나라를 침략한 국가잖아요. 자주 국가의 고위 공무원으로서 품위가 부족하신 거 아니에요?"

"논점을 흐리지 마시오. 지금 10억 시장이 열립니다. 바로 옆에서 두고 보란 말입니까?"

"그게 그렇게 부럽나요? 그 10억 시장의 외국인 투자 비율이 어떻게 고정돼 있나요? 반드시 중국인이 끼어야 회사 설립할 수 있다는 조항은 어떻게 하고요? 위장 취업하는 요원은 어떻게 구별하실 건가요? 이 작은 일로도 이럴진대 다시 이런 일이 벌어지지 않는다는 보장이 있나요? 벌어진다면 무슨 수로 지금과 같은 사태를 막을 수 있을 건데요? 그때는 지금보다 더 밀접하게 얽혀 있지 않을까요?"

"커으음…… 그렇다고 이 시기를 놓치는 건 더 안 좋은 발상……."

"그러니까 안전장치를 내놓으라는 겁니다. 불분명한 상대와 거래를 하는데 담보 하나는 확실히 하고 가야겠죠. 우리가 지금 중국과 전쟁해서 이길 수 있나요?"

"갑자기 전쟁은 왜 묻습니까?! 이 건은……."

"국제 논리는 결국 힘의 논리예요. 그것도 모르는 분이 너무 귀한 자리에 앉아 있는 건 아니세요?"

"뭐, 뭐라고요?!"

"정신 똑바로 차리세요. 지금 중국이 꿀 발라 놓은 가래떡

같죠? 천만에요. 거긴 개미지옥이에요. 어설프게 들어갔다간 죄다 털리고 몸만 쫓겨나고 말 거란 말입니다. 아주 웃겨 가지고. 뭐, 중국이 지금 한국과의 교역을 중지한다고요? 그걸 믿으세요? 그랬다간 다른 투자 국가들마저 건드는 행위가 될 텐데 그들이 그런 바보짓을 저지를 것 같아요?"

"이 사람이 정말, 말로 해선 안 될 사람이구만."

벌떡 일어난다.

나도 고개를 저었다.

한 나라의 경제부총리가 이 정도 역량이라니.

IMF가 눈에 선~하다.

결국 김영산 정부의 실패는 전 정부에서부터 내려온 고질적인 문제도 있었지만, 자기가 자초한 부분도 크다는 게 입증된 것 같았다.

그는 대통령이 되길 원한 것뿐 국가를 위해 준비된 사람이 아니었고 그의 주변도 역시 준비되지 않았다. 이것이 내 결론.

씩씩거리며 돌아간 경제부총리라.

당장에라도 무슨 일이 벌어질 것처럼 굴었지만 단지 그것뿐이었다.

흔한 세무 조사라도 들어올까? 염려한 게 무색할 만큼 내 주위는 조용했고 또 잘도 흘러갔다.

이해는 갔다. 아무리 똥 멍청이라도 눈이라는 게 있고 귀라는 게 있는 것인데 공개적으로 나를 건드는 짓은 못 하겠지.

아니, 너무 조용하니 도리어 불안하다고 해야 하나? 지금도 중국 쪽에 붙어 살살대고 있는 건 아닌지 의심도 되고.

할 수 없이 지금까지 녹화된 내용을 잘 편집해서 나우현에게 줬다.

한번 날뛰어 보라고.

예상대로 중간일보 편집인이 된 나우현은 망나니처럼 날뛰었다.

일 타로 위샤오신의 망언을 있는 대로 실으며 중국이 우리 한국을 어떻게 바라보는지 대대적으로 까발렸고 대중국 무역에 대한 근본적인 질문을 던졌다.

나우현은 한발 더 나아가 무역과 관련된 모든 법제를 탈탈 뒤져 일이 틀어졌을 경우 어떤 피해가 오는지까지 실어다 나르며 10억 시장을 보고 환상만 쫓다간 빈털터리로 쫓겨날 수 있음을 경고했다.

그러나 이때까지도 여론은 중국 투자 쪽에 우세했다. 싼 인건비의 유혹은 너무나 컸으니까.

그래도 우리의 나우현은 멈추지 않았다.

이 타로 중국 대사와의 대화를 공개했다.

대화 속 치명적 말실수를 캐치, 그들이 한국과의 무역을 언제든지 뒤틀어 버릴 수 있음을 시사했고 그럴 가능성까지 내비쳤음을 알렸다.

그제야 살짝 술렁.

한낱 외교관과 대사는 엄연한 차이가 있었으니 정부도 다른 언론도 관심을 보이기 시작했다.

신난 나우현은 경제부총리와의 대담도 여과 없이 내보냈다.

【000 경제부총리. 이 사람은 한국 사람인가? 중국의 경제부총리인가?】

【중국의 조종을 받는 경제부총리. 정부는 이 일을 언제까지 두고 볼 텐가?】

【한국 경제를 중국에 종속시키려 하다. 이도 또한 음모의 일환인가?】

경제부총리는 즉각 기자 회견을 통한 반론을 펼쳤으나

나우현은 편집된 테이프를 방송국에 보냈고 그날 9시 뉴스는 나와 중국 외교관, 나와 경제부총리와의 대화를 날것 그대로 송출했다.

지면으로 읽는 기사와 영상으로 보는 건 천지 차이라.

나라가 발칵 뒤집혔다.

역시나 중국은 믿을 나라가 못 된다는 여론이 하늘 높이 치솟자 정부도 더는 버틸 수 없었던지 경제부총리를 전격 경질시키고 대중국 무역에 관해 처음부터 다시 판을 짜겠다 발표했다.

이 소식이 해외 언론을 통해 퍼져 나갔다.

한창 중국 골드 러시에 심취한 국가들에게 중국 옆 나라 한국의 All Stop 조치는 꽤나 큰 이슈였고 그 속에 든 내용도 경종을 울릴 만한 것이었다.

옳다구나. 건수를 잡은 관영 매체들은 한국을 예로 들며 '중국과 가장 가까운 나라마저 경계하는 판에 우리는 무슨 배짱으로 중국이라면 엄지를 추켜세우는가?'라며 경고성 메시지를 날렸고 더해 중국의 법이 투자자에 불리하게 적용돼 있음을 파헤쳤다. 이들이 부리는 불공정성과 불안정성이 과연 싼 인건비를 넘어설 매력이 있는지 질문을 퍼부었고 그 가운데 페이트가 있음을 알렸다.

페이트였다.

세계가 또 술렁였다.

-페이트가 중국을 경계해야 한다고 한다.

이 소식이 또 전 세계 민들레들을 결집시켰고 여론을 이끌었다.

조사하면 조사할수록 나오는 불공정에 하나같이 고개를 끄덕이며 내 손을 들어 주었고 여론에 민감한 언론의 속성답게 TV와 매체는 중국의 부정적인 면만 계속 내보내며 판매 부수를 올렸다.

그럴수록 중국 무역에 대한 콩깍지가 벗겨지며 내부 작태가 적나라하게 드러났고, 이는 중국은 물론 각 나라 정상까지도 곤란해지게 만들었다.

중국과의 무역 장려를 하는 판에 언론과 여론이 날뛰니 제대로 돌아갈 리가 만무.

결국 클린턴도 못 버티고 움직였다.

중국을 키워 또 하나의 시장을 만들고자 했던 대중국 프로젝트의 오점이 여러 군데서 드러나는 가운데 이를 계속 밀고 나가는 건 재선에 좋지 않았다.

≪여러 염려에 깊이 숙고하였습니다. 그렇습니다. 나라 간 무역은 공정함과 안정성을 담보하지 않으면 이뤄질 수 없음을 인지하고 현재 세계 모든 나라가 합심하여 정당하고 노력에 걸맞은 보상을 얻어 가려 노력하고 있습니다. 중국은 이 같은 세계 흐름과는 동떨어진 길을 가고 있으며 이는 우리 미국이 보더라도 부당한 측면이…….≫

그 시점 중국에서 비밀리에 비행기 한 대가 떴다.

그 비행기의 김포 공항 도착 시점 장칭홍과 위샤오신은 중국으로 소환.

나도 갑자기 청와대에서 만나자길래 들어갔다.

김영산이 얼굴이 빤질빤질 꼬장꼬장하게 생긴 노인네랑 앉아 있었다.

누구?

“인사하시게. 중국의 리룽 총리일세.”

“아, 안녕하세요. 장대운입니다.”

“반갑습니다. 리룽입니다.”

생각보다 따뜻한 손이 내 손을 스쳤다. 수천 명이나 갈아 죽인 천안문 사태의 주인공치고는 첫 인상이 의외로 괜찮다.

게다가 그보다 더 눈에 띄는 건 이 사람의 눈썹이었다.

일본산 애니메이션 ‘짱구’가 생각날 만큼 짙고 코믹적인 요소를 지니고 있었는데 아래에 박힌 눈빛이 아주 매서웠다.

한국과는 비교도 할 수 없이 치열한 중국 권력의 암투 속에서 정점을 찍은 자의 저력처럼 강렬하기도 하고.

그러나 그것도 또한 일반인에게나 통할 카리스마였으니.

도긴개긴.

어느 정도 서로의 가늠이 끝난 것 같자 비서실장이 나섰다.

“리룽 총리께서 급히 만나고자 하여 마련된 자리입니다. 연유는 짐작하실 것 같고 실무 협상은 일주일 후에 진행될 예정입니다.”

어랍쇼.

무슨 개소리를 아나운서처럼 할까.

“뜬금없이 실무 협상이요?”

“걱정하지 마십시오. 불공정과 불안정성에 대한 시정일 겁니다.”

“그럼 저와는 상관없는 일 아닌가요? 국가적인 일일 텐데.”

내가 의뭉을 떨자 비서실장은 무슨 얘긴지 알겠다는 듯 고개를 끄덕이며 다시 설명해 주었다.

"일견 그렇게 볼 수 있으나 세계가 지켜보고 있습니다. 양국의 사이가 틀어진다는 건 서로에게도 좋지 못한 결과가 나올 겁니다. 이 자리는 그 결과가 좋은 방향으로 선회하길 바라는 마음에서 마련된 것입니다."

"그런가요?"

정말 그러냐며 리룽 할아버지를 봤다.

날 보는 눈빛에 어느새 놀람이 물들어 있었다.

사람도 잘 본다는 건가?

아니지. 사람을 잘 보니 복마전 속에서도 살아남았겠지.

그러나 나는 역사를 아는 사람이다.

웃어 줬다.

"그나저나 의외네요. 할 줄 아는 것이 아무것도 없다는 분을 여기에서 뵐 줄은 몰랐어요."

마이니치 신문의 기자, 가미무라 고지란 사람이 쓴 '중국 권력 핵심'이란 책에는 천안문에 관한 상세한 내용이 들어 있었다. 그 책에 리룽에 관한 이런 농담(?)이 나온다.

'나는 할 줄 아는 것이 아무것도 없다.'

한낱 기자조차 한 나라의 총리를 조롱의 대상으로 삼을 만큼 그에 대한 국제적 평가가 극렬하게 나뉘었다.

물론 중국에서도 논란이 많았다. 마오쩌둥의 방식을 고집

한 화궈펑과 달리 해외 순방하며 얻을 건 얻고 버릴 건 버렸던…… 현재 중국의 초석을 일군 거목이라 일컬어지는 덩샤오핑이 리룽을 선택한 건 이해할 수 없는 실책이라 논하는 이들이 여전히 많았으니까.

인사가 만사인 게 정치라는 걸 동의한다면 '아무것도 할 줄 모르는' 리룽을 총리로 세운 덩샤오핑의 인사는 도무지 상식적이지 않다는 얘긴데.

이는 하나만 알고 둘은 모르는 얘기였다.

1982년과 1983년 62억, 52억 달러의 무역 흑자가 나며 정책의 기반을 다지는 데는 성공한 덩샤오핑이라지만 중국 내부의 문제는 하루 이틀 사이에 해결될 만한 건더기가 아니었다.

농업 생산력 저하, 1가구 1자녀 정책, 공업 인센티브제와 경제특구, 지적 표현 자유, 대미-대소 관계 간 균형, 당 조직과 군대의 조직 체계 정리와 재편, 인민 저항의 합법성 검토 등은 공산당을 초월한 관심사이자 불화의 근원이 됐고.

이런 마당에 막후의 실력자로서 양상쿤을 국가 주석으로 세운 것까지는 그럴 수 있다지만 할 줄 아는 게 아무것도 없다는 리룽은 너무 뜬금포였다는 것이 그들의 논리였으나 덩샤오핑에게는 이만한 사람이 없었다.

그의 충성은 진짜였으니까.

실제로 리룽은 덩샤오핑을 비롯한 8인 원로 회의에만 충성하는 자였다.

천안문 사태도 사실 원로 회의의 뜻대로 움직인 것뿐.

그 속내야 덩샤오핑의 유산을 물려받는 것이겠지만 어쨌든 덩샤오핑이 부리는 칼로써 충직히 그 역할을 수행해 왔고 지금까지 어떤 행동도 덩샤오핑의 이목에서 벗어나지 않았다.

리룽은 그런 남자였다.

"흠, 간악한 일본 놈의 요설을 읽은 모양이군. 그래, 차라리 잘됐소. 미국에서 선지자급으로 불리는 페이트의 판단은 어떻소? 내가 그리 보이오?"

"솔직함을 원하십니까?"

김영산은 무슨 얘긴지 못 알아듣는다.

리룽도 그걸 아는지 나에게만 집중했다.

"여기까지 와서 빈말은 필요 없소."

"귀가 아프실 수도 있을 텐데요."

"이미 버린 몸이오. 천안문 이래 나에 대한 평가가 어떤지 아실 거라 믿소."

"바로 그겁니다. 여의주를 쥐지 못한 이무기. 손에 피를 묻힌 이무기. 그런즉 가미무라 고지의 눈깔은 동태보다 못하다는 판단입니다."

"……."

이건 좀 뼈아픈지 미간이 팍 찌푸려진다.

김영산은 안절부절.

"이용만 당하셨네요."

"……."

"동서고금을 막론하고 후계자에게는 절대로 피를 묻히지 않습니다."

"……!"

"장쩌민은 그런 면에서 너무나 충직한 후보였겠네요. 하지만 장쩌민의 운명도 그리 순탄치는 않겠죠. 제가 노괴라면 중앙 군사 위원회를 꽉 쥐고 넘겨주지 않았을 테니까요. 덩샤오핑은 원래 그런 사람 아닙니까?"

"……!!!"

훗날 장쩌민은 덩샤오핑의 조치를 그대로 써먹는다.

다음 대 주석인 후진타오에게 권력을 물려줄 때 중앙 군사 위원회만큼은 자기가 쥐며 상왕과 같은 권세를 누리려 한 것.

너는 정치만 해라. 나는 막후에서 중국을 휘두를게.

덩샤오핑의 후계자들은 쉽지가 않다.

"지금처럼만 계시면 총리직 정도는 임기까지 유지할 수 있겠네요. 그동안 피 묻힌 최소한의 예우로서요. 뭐 그것도 얼마 가지 못하겠지만 말이죠."

"이런…… 내 믿지 않았건만."

이상하게 개운해하는 표정이 나왔다.

일부러 아프게 찔렀는데 오히려 가려운 곳을 긁어 준 듯한 불쾌감이 들었다.

나를 바라보는 눈길에도 따뜻함이 더해졌다.

뭐지?

"내 페이트를 조금 더 일찍 만나지 못한 게 한스럽소."

"……."

"중국인이었다면 더 큰 세계로 나아갈 수 있었을 텐데. 참으로 안타깝소."

진짜 탄식이었다.

놀라웠다.

첫 만남인데도 나를 믿는다.

그것의 원천이 자기 확신인지는 모르겠지만 적어도 내겐 그렇게 보였다.

"……."

그런가?

뭐 그것도 상관없겠지.

중국 총리가 호의라면 나에게는 호재.

어설프게 복기-2를 꺼내지 않는 것도 마음에 들고 인간적으로 다가오려는 것도 괜찮았다. 대화의 심각성에 김영산이 기겁하는 걸 빼면 말이다.

"자네 이게 무슨……."

어설프게 끼어들려는 김영산의 말을 잘랐다.

"괜찮아요. 덩샤오핑은 이제 1년 정도밖에 안 남았어요. 중국이 또 바뀐다는 얘기예요."

"뭐라……."

"잠깐, 잠깐만, 지금 그분이 죽는단 말이오?"

"노괴도 인간인 이상 죽음은 피할 수 없겠죠. 부귀영화는 이렇듯 부질없는 거랍니다."

말하면서도 이번은 살짝 저어되긴 했다.

일반인이 불행해지고 병에 걸리고의 수준이 아니니까.

이도 리룽의 마력인가?

어쩌나.

재밌는 건.

화살이 쏘아졌음에도 덩샤오핑에 대한 충성이 식어 버린…… 버려진 후계자는 오히려 나의 말을 대놓고 좋아하고 있었다. 당최 갈피를 잡을 수 없는 사람이다.

"안 그래도 요새 오락가락하더니."

입가도 잔인.

어쩐지…….

이 시점 이 사람이 나랑 잘 어울릴 수 있겠다는 예감이 드는 건 어째서일까? 보통이면 이런 종류의 사람은 피하는 게 상책일 텐데.

역시나 리룽이 호의 가득한 표정으로 내 손을 잡았다.

"한국에서 실마리를 잡을 줄은 정말 몰랐소이다. 내 머릿속을 캄캄하게 만들었던 원흉이 뭔지 이제야 깨달았소. 고맙소."

나도 굳이 그 '실마리'에 대해선 묻지 않았다.

리룽이 덩샤오핑과 장쩌민을 별로 좋아하지 않는다는 것

에 집중할 뿐.

“총리님의 임기는 98년까지겠죠?”

“그렇소.”

“그때까지 좋은 사이가 됐으면 좋겠네요.”

“나도 그러길 원하오. 아니, 그러지 말고 우리 펑요가 되는 건 어떻소?”

“가능하시겠어요?”

“지참금을 준비하리다.”

“그럼 그때 다시 얘기하도록 하죠.”

“알겠소.”

말을 마친 리룽은 더 이상 대화를 진전시키지 않고 청와대를 빠져나갔다.

남겨진, 안달 난 김영산은 나를 놓아주지 않았다.

“자네, 지금 무슨 얘기를 한 건가? 등소평은 왜 나오고? 강택민은 왜 또 나오나? 저 이용은 어째서 자네를 그리 극진히 대접하는가?”

이때는 중국 사람이라도 한국식 독음으로 불렀다.

덩샤오핑은 등소평, 장쩌민은 강택민, 후진타오는 호금도, 시진핑은 습근평.

장쩌민 때부터 혼용으로 썼고 후진타오부터는 아예 중국식 독음으로 읽었다. 북한은 여전히 한국식 독음으로 읽는 중.

“저도 놀라는 중이에요. 될 성싶은 건 순식간에 이뤄진다더니. 첫 만남부터 대놓고 저를 믿은 사람은 저도 처음 봤어요. 보통은 뜸 들이는 시간 정도는 가지는데."

"그게 중요한 게 아니라……."

"저에게는 엄청 중요하죠. 그는 자기 확신인지 아니면 제가 여태 허튼 말을 하지 않았다는 걸 조사를 통해 알게 됐는지 모르겠지만, 가족조차 믿기 힘든 말을 스펀지처럼 흡수했어요. 그리고 뒤도 돌아보지 않고 나섰죠."

"그건……."

"저랑 만나면 운명이 바뀔 수 있음을 본능적으로 캐치한 것 같아요. 그저 버림받은 이무기의 가려운 부분을 긁어 줬을 뿐인데도 이런 식이라면 합이 안 맞을 수가 없겠죠. 무척 기대되네요."

"나는 당최……."

"한국에 불이익이 오는 경우는 없을 거예요. 리룽 같은 사람들은 유사시 행동 지침 같은 건 이미 습관적으로 익히고 있을 테니까."

"그게 더 문제 아닌가? 자네도 대중국 교역에서 제일 큰 불안점이 언제든지 내칠 수 있다는 거로 들었잖나."

"그가 확신을 얻었듯 저도 확신을 얻었어요. 다시 만났을 때는 중국의 최선을 들고 올 거예요. 저는 사인만 하면 되고요."

"허어……. 나는 도무지 이해가 안 가네. 이게 페이트식 접근법인가?"

"제 말을 들으시면 자다가도 떡이 나옵니다. 그 범위는 저리룽만 해당하는 게 아니고요."

머리를 굴려라.

자기 욕심 죽이고 나를 봐라. 그래야 우리나라가 평안하다.

하지만 김영산은 그러지 않았다.

자기 생각에 빠져들었고 이 만남은 또 허무하게 끝나 버리고 말았다.

확실히 노태운이랑은 다른 사람.

앞선 두 대통령이 대통령직을 잃고 무기 징역의 삶을 사는 것에 비하면 노태운은 단 3년이라는 시간으로 면죄부를 받았다. 앞으로 역사는 그를 평가하기에 위대한 대통령으로 추켜세우길 주저하지 않을 것이다.

그러나 김영산은 어떨까?

나도 고개를 돌렸다.

'곧 5월이네. 보통 사람이 나올 때가 됐어.'

밤하늘이 참으로 시리다.

# Chapter 101

## Chapter 101

"좀 봐 주셔야 할 것 같습니다."

김연이 녹음된 테이프를 들고 와 다짜고짜 틀었다.

아홉 곡이다. 그저 그런 곡들의 향연.

김연이 심각한 표정으로 온 이유를 알 것 같았다.

이 정도로는 어림도 없다는 것.

"그러네요. 데뷔를 언제로 잡고 있죠?"

"여름으로 잡고 있습니다."

"큰일이네요. 확실한 곡이 없으니."

"……."

나보고 써 달라는 뜻 같은데 내가 얼씨구나 잡지 않으니 김연도 곤란한 표정이 되었다.

하지만 나는 쉬운 사람이 아니다.

이 앨범은 클롬의 것. 클롬은 작년 내가 수능 공부하고 바쁜 사이 계약을 체결한 가수다.

나를 거치지 않고…… 그 정도는 김연이 전결할 정도가 되니 인정한다지만 곱게는 넘어갈 수 없었다.

그들의 일생이 어떻게 변할지 아니까.

나는 그들을 처음 만나는 자리에서 이렇게 물었다.

오토바이를 포기할 수 있겠느냐?

그러면 나도 너희를 완전히 받아들일게.

클롬은 그 답을 아직까지도 하지 않았다.

"오토바이는 안 타겠대요?"

"그건……."

"그럼 앨범이 망하겠네요."

"총괄님."

"실장님, 제가 이러는 이유를 진정 모르겠어요?"

"……압니다."

"그러면 실장님이 더 나서셔야죠. 사람의 목숨이 달린 일인데."

"……죄송합니다. 잠시만 기다려 주십시오."

후다닥 튀어나가더니 30분도 안 돼 클롬을 내 앞에 앉혀 놨다.

그리고 보란 듯이 준엄한 목소리로 꾸짖었다.

"어서 말씀드려! 그깟 오토바이가 너희 인생에 그렇게 중요하면 이 자리에서 관두겠다고."

"……."

"……."

"우리 오필승에서 총괄님 말씀이 통하지 않는 곳은 없다. 너희가 뭔데 총괄님 말씀 어기고 오토바이를 타겠다는 거냐?! 그렇게 길바닥에서 죽는 걸 원한다면 계약 취소 사인하고 사무실에서 나가."

"……."

"……."

"이것들이 예쁘다 예쁘다 받아 줬더니 감히 총괄님을 거역해? 어서 사인하고 나가! 너희 같은 것들은 필요 없어."

화난 김연은 계약 해지 서류를 그 앞에다 놓고 사인을 종용했다.

일이 이렇게까지 가자 찌리인 클롬이 무슨 용가리 통뼈라고 버틸까.

잘못했다고 하였다. 오토바이 그만 타겠다고 하였다.

그러든 말든 김연은 새로운 계약서를 들이밀었다.

"말로는 소용없지. 다시 계약 맺어. 오토바이에 손대는 걸 걸리는 순간 30억 손해 배상 청구 소송에 걸릴 거야. 다시 말하지만, 손끝만 대도야. 자신 있으면 사인해."

“예? 그건 너무…….”

“또 오토바이 타려고?”

“…….”

“안 타면 문제없잖아.”

“왜 저희만 오토바이로 이러시는 거죠?”

“오토바이 때문에 죽는다고 새끼야. 오토바이 타면 너네 죽는다고!”

“그걸 어떻…….”

날 쳐다본다.

김연이 그 고개를 잡아 다시 자기 쪽으로 돌렸다.

“이 쉐끼가 감히 누굴 쳐다봐. 죽고 싶어?!”

“죄, 죄송합니다.”

“이 개스키들이…… 사람 말을 왜 이렇게 안 들어 처먹어. 좋아. 맞다. 우리 오필승은 너네 부모도 아니고 너희 친구도 아니야. 말도 안 되는 조항도 넣을 필요도 이유도 없어. 너희 따위 어디서 객사하든 말든 하등 상관도 없어. 됐냐? 대가리가 있으면 생각 좀 하고 살아라. 멍청한 건 구제할 수도…….”

“실장님.”

“예.”

“클롬을 아끼는 마음은 아는데 너무 흥분하셨어요.”

“죄송합니다.”

물러나는 김연을 보다 나는 클롬에게 시선을 던졌다.

“오필승에서 내 말은 법이에요. 즉 두 분 앞에는 두 가지 길밖에 없어요. 하나는 살던 대로 살면 되는 거고 다른 하나는 우리를 따르는 거죠. 나는 강요하고 싶지 않아요. 그만두고 싶으면 그대로 일어나서 나가면 돼요. 그러고 싶나요?”

그러고 싶을 턱이 있나.

지금 한창 스타가 될 꿈에 부풀어 있을 텐데.

그래서 더 이해가 안 갔다. 그 꿈보다 오토바이가 더 큰가?

결국 클롬은 새로운 계약서에 사인했고 오토바이도 김연과 같이 가서 파는 게 아닌 아예 폐기해 버렸다. 오토바이값은 치러 줬다. 계약금으로.

그렇게 하고 나서야 ‘꿍따리 샤바라’가 탄생했다. 클롬은 너무 건전 가요 아니냐고 툴툴댔으나 김연의 눈길 한 방에 쭈굴.

겨우 한숨 돌리나 했더니 김연이 다시 찾아와 다른 일거리를 내놨다.

“저기 아이딘 쪽에서 곡 의뢰가 들어왔습니다.”

“아이딘이요?”

아이딘은 COON의 소속사다.

작년 ‘슬퍼지려 하기 전에’와 ‘작은 기다림’으로 살짝 히트한 그룹.

“거기가 왜요?”

“힘이 부치나 봅니다. 다음 앨범만큼은 꼭 좀 도와 달라고 사정사정을 합니다.”

"흐음, 어지간히 급한가 봐요. 유채연 누나 쫓아낼 때는 언제고. 우리한테 의뢰를 다 넣고 말이죠."

COON은 유채연을 내치자마자 기다렸다는 듯 새로운 여성 멤버를 투입하는 짓을 벌였다. 머리까지 박박 밀고 앨범을 위해 달린 유채연은 나 몰라라 하고.

하지만 지금 유채연은 페이트 9집에 입성, Can't Get You Out of My Head와 Barbie Girl로 일약 글로벌 스타의 길을 걷고 있었다. 인생 역전.

이때 윤일산이 만들 '운명'을 내가 재껴 버린다면 COON 특유의 댄스 팝은 세상에 나올 일이 없을 것이다.

'에휴~ 그래선 또 이 가요계가 재미없겠지.'

COON의 낭랑한 목소리도 들을 수 없을 테고 유채연이 한국에 있었다면 다시 멤버로 끼게 해 주고 싶었으나 한창 미국과 유럽 투어 중이다.

"할 수 없네요. 윤일산이란 작곡가를 찾아오세요?"

"윤일산이요?"

"지금 터보랑 작업하고 있을 거예요."

"알겠습니다."

윤일산은 92년도에 박준히의 Oh, Boy로 데뷔해 지금까지 양질의 디스코그래피를 작성 중인 남자였다. 95년 '겨울 이야기'가 든 DJ DonC의 3집으로 첫 밀리언 셀러를 기록했으나 아직까진 대중에 알려지지 않을 때.

그가 본격 시동 거는 건 터보의 성공과 COON의 성공 때문이고 우리도 이참에 좋은 작곡가 한 명 들이는 것도 괜찮을 것 같았다.

게다가 페이트의 호출이 아닌가. 작곡가라면 감히 열 일 다 제치고 달려올 무게감.

역시나 30분도 안 돼 날듯이 달려왔다.

뽀얀 얼굴에 포동포동한 체격, 내가 늘 TV에서 보던 그 사람이었다.

단도직입적으로 말했다.

"우리 회사에서 일해 보시죠."

"예?!"

"뭘 그렇게 놀라세요. 혹시 다른 계획 가지고 계신가요?"

"아니, 그건 아니고요."

"그럼 오세요. 오필승에 둥지를 트시고 날개를 달아 보죠."

"정말이십니까?"

"그럼요. 괜히 엉뚱한데 기웃거리시다 노력에 대한 보상도 못 받지 마시고 평탄하게 가시죠."

"알겠습니다. 오필승에 들어가겠습니다."

'운명'을 혼자 쓱싹해도 아무도 모를 판이지만 윤일산을 데려온 건 순전히 그에 대한 나의 호감 때문이었다. 굳이 그의 업적마저 가로챌 이유가 없다는 것.

계약을 마쳤는지 김연이 씨익 웃으며 들어왔다.

"Love is……(3+3=0)란 곡까지는 해야 해서 마무리 짓고 오겠답니다. 엄청 설레하던데요."

"잘 대해 주세요. 거는 기대가 커요."

"물론입니다. 요 근래 총괄님이 탁 집어 데려온 인재가 있었습니까? 저도 윤일산 씨에 대한 기대가 큽니다. 하하하하하."

"……그런가요?"

"그럼요."

"아 참, 룰랄은 어떻게 하고 있나요?"

"아아, 잊지 않으셨군요. 하긴 살려 준 그룹이 또 그런 꼴을 당했으니."

"좀 그렇죠."

"정말 불운입니다. 작년 야심차게 내놓은 '천상유애'가 또 표절 판정이 나다니요. 그때 뒤집힌 후로 여태 골골댑니다. 하필 일본 곡을 가져왔으니 타격이 더욱 컸죠."

"거기 사장은 한 번 구해 줬는데도 여전히 정신을 못 차리네요."

"음악적 역량이 부족한 탓도 있겠죠. 가수가 그걸 신경 쓸 겨를이 없을 테니."

"하지만 책임은 가수가 지죠."

"맞습니다."

"음……."

턱을 잡았다.

"도와주시게요?"

"아니요. 이미 도와줄 사람이 있어요."

"그렇습니까?"

"예, 미국에 있는 사람인데 지금쯤 움직일 때네요."

'3!4!'로 시궁창에 박힌 룰랄을 다시 끌어올릴 사람이 있었다.

스케줄 핑계든 뭐든 모두가 잠깐 들렀다가 봉투만 던져 놓고 간 고 김선재의 장례식장을 끝까지 지켜 준 의리에 감복한 남자가 그들의 위기를 보고만 있지 않는다.

이런 면에서 룰랄의 생명력은 참으로 뛰어났다. 물론 여전히 범죄의 위험성을 가지고 있지만.

"아 참, SML 엔터에서 뵙자고 연락이 왔습니다."

"SML에서요? 언제요?"

"아까 윤일산 씨 계약할 때 왔습니다. 오라고 할까요?"

"좋죠. 오랜만에 식사나 하죠."

"알겠습니다. 들어오라고 하겠습니다."

얼마나 기다렸을까? 이순만 사장이 들어왔다.

예전에 봤을 때보다 훨씬 더 좋아진 얼굴.

"잘 지내셨어요?"

"덕분에 편히 제작에만 몰두할 수 있었습니다."

"잘됐네요. 이번에는 문제없겠죠?"

"그렇습니다. 오필승에서 많이 배웠습니다."

"그렇군요. 잘됐어요."

"감사합니다."

내가 고개를 끄덕이자 이순만은 조용히 서류 봉투를 앞으로 꺼냈다. 거기에서 나온 건 녹음테이프와 앨범 자켓 컨셉.

"이것 좀 보십시오."

"이건……."

"예, 그 녀석들입니다. 올여름에 시작할까 합니다."

건네주는 내용을 봤더니 제법 강렬한 느낌이 왔다.

무너지는 건물과 낡은 벽돌벽.

멤버들 이미지도 사진이 아닌 그림으로 대체했다.

"고심한 흔적이 보이네요. 1집 컨셉이 전사인가요?"

"맞습니다. 타이틀도 '전사의 후예'입니다."

5인조 아이돌을 제작하고 있다는 건 이미 알고 있었다. 그들이 90년대 말까지 한국 가요계를 주름잡고 앞으로 전 세계 음반 시장까지 주름잡을 K-pop 아이돌의 시초라는 것도 역시 잘 알았다.

하지만 이순만은 모르지.

"한번 들어 볼까요?"

"물론이죠."

조마조마해도 모자랄 판에 이순만은 자신감이 넘쳤다.

역시 모른다. 그가 키우는 아이돌은 귀여운 컨셉일 때야 국민적 호응을 얻는다는 걸.

테이프가 돌아갔다.

둥 둥 둥 둥~ 으로 시작하는 비트가 귀를 때렸다.

첫인상부터 거슬리는 코드 진행.

이유는 금방 깨달았고 테이프를 멈췄다.

"이걸 타이틀로 하시겠다고요?"

내 표정이 좋지 않자 이순만은 곧바로 실토했다.

"사실 제가 미는 곡은 따로 있습니다."

"그래요?"

"애들이 이 곡이 좋다 해서 타이틀로 잡은 겁니다."

"의견을 반영하셨다라…… 많이 약해지셨네요. 애들 말을 다 들어주시고. 그래서 이 곡이 멋있대요?"

"……예."

"뭐, 나쁘지 않은 방법이긴 하네요."

"예?"

"데뷔 때부터 10대들의 공감을 얻는 건 아이돌에겐 큰 자산이겠죠."

"그렇습니까?"

"사장님이 미는 곡도 들어 볼 수 있을까요?"

"물론입니다."

일부러 두 개를 준비했는지 다른 테이프를 꺼내 돌렸다.

역시나 Candy였다.

"좋네요."

"그렇습니까?"

"이 곡이 가수를 살릴 것 같아요."

"아아……."

감격하는 이순만을 두고 나도 본론으로 들어갔다.

"그 전에 '전사의 후예'란 곡 말이에요."

"예, 말씀하십시오."

"이거 누가 작곡했어요?"

"유영짐이라고 저희 소속 작곡가입니다."

"그렇군요. 하필 소속 작곡가네요."

"무슨…… 문제가 있습니까?"

"표절이에요."

"예?!"

이순만이 화들짝 놀란다.

나는 그를 보지 않고 김연에게 말했다.

"93년도 란에 위에서 다섯 번째 칸, 좌측에서 스물세 번째를 보면 Cypress Hill 팀이 낸 앨범이 있을 거예요."

"알겠습니다. 금방 가져오겠습니다."

안절부절. 김연이 잠깐 다녀오는 순간에도 이순만은 당혹감을 숨기지 못했다.

나는 그 앨범에서 I Ain't Goin' Out Like That이란 곡을 골라 틀어 줬다.

"어때요?"

"……!"

"음악의 문외한이 들어도 비슷하지 않나요?"

"그……렇습니다."

얼굴이 심하게 일그러진다. 설마 하던 게 진실로 드러났으니.

확인 도장을 찍어 줬다.

"박자와 비트, 구성까지 죄다 가져왔네요. 이거 터지면 앨범 접어야 하는 거 아시죠?"

"……예."

관자놀이로 식은땀이 주르륵. 현진형 건으로 앨범을 접어 본 이순만은 그 경험자답게 덜덜덜 손을 떨었다.

한 번 더 짚어 줬다.

"작년 R.eff란 그룹이 어떻게 됐는지 아시죠?"

"예."

타이틀 '고요 속의 외침'이 King & Queen의 He-Hey Dancin' 후렴구와 Mega NRG Man의 Seventies를 짜깁기한 걸 걸린 거로 모자라 뒤이어 나온 후속곡 '이별 공식'도 독일 밴드 Real MacCoy의 Another Night를 가져왔고 '상심'마저 Samantha Gilles의 Don't Tell Me Lies를 베끼며 가요계에 큰 상심을 주었다.

그 작곡가가 또 룰랄에게 '천상유애'를 주었다.

상습범.

R.eff는 판매 금지, 회수 명령이 떨어지며 망했다.

"사람을 잘 들이셨어야죠. 소속 작곡가라면 사장님이 지금 어떤 심정으로 일하는지 잘 알 텐데."

"……예, 맞습니다."

"I Ain't Goin' Out Like That은 제가 소니 뮤직에 말해 리메이크 판권을 사 올게요."

"죄송합니다. 감사합니다."

면목이 없는지 고개도 못 든다.

"그래도 초장에 걸렸으니 얼마나 다행이에요?"

"맞습니다. 하지만 저는 지금 너무도 무참한 심정입니다."

"잘잘못은 나중에 따지시죠. 일단 일부터 끝내야지 않을까요?"

"옳으신 말씀입니다."

"리메이크 판권을 가져오면 타이틀로 '전사의 후예'를 삼으시고요. 다음에 완전히 상반된 모습으로 Candy 활동을 하세요. 귀엽고 상큼하게. 그러면 단숨에 가요계를 휘어잡을 수 있을 것 같아요."

"알겠습니다. 다시 한번 죄송합니다."

"뭘요. 다 같이 잘살자고 하는 건데요 뭐. 저도 SML 관계자잖아요."

"그렇지만 총괄님이 안 계셨다면 정말 어쩔 뻔했습니까? 저는 심장이 튀어나올 것 같습니다."

"마음 푸세요. 감정적으로 해선 해결이 안 됩니다."

"죄송하지만 제 생각은 조금 더 강력하게 나서야 할 것 같습니다. 이런 일이 되풀이되어선 안 되지 않겠습니까?"

"으흠…… 식사나 하려 했는데 이런 상태라면 먹다가 체하겠네요."

"죄송합니다."

"아니에요. 다음으로 미루시죠. 다 이해해요. 그러니까 너무 걱정 마시고 돌아가셔도 좋습니다."

"감사합니다. 정말 감사합니다. 이 은혜, 정말 잊지 않겠습니다."

연신 허리를 숙이며 돌아가는 마음이 어떨까?

참담할 것이다.

30억 투자를 받고 1년 6개월간 절치부심.

이제 겨우 결과물을 가지고 선보였건만.

첫 대면부터 표절이다.

죽고 싶을 것이다.

고개를 젓는데.

난데없이 이학주가 사무실로 들어왔다.

"끝났다."

"예?"

"그놈들 배상금 다 받아 냈다."

"아~."

소송전은 진즉 끝났다. 언론사들이야 벌써 손들고 6천억이란 돈을 헌납했지만 기자 놈들은 버티다가 가족의 생계까지 위협받자 이제야 두 손 두 발 다 든 것.

1천억짜리를 600억에 합의 봤다.

김앤장은 60억을 받기 위해서라도 악착같이 굴었고 오늘 다 받아 낸 모양.

그나저나 소송에 걸린 기자가 꽤 많았다손 치더라도 600억이 나올 정도였던가?

알 도리가 없네.

어쨌든.

"잘됐네요. 그 돈 전부 기가 스피드에 넣어 기간망 건설에 투입시키죠."

"뭐야? 벌써 용처가 정해져 있었어?"

"그 돈은 받아 써도 문젯거리만 될 거예요. 그럴 바엔 공공산업에 투자하는 게 낫겠죠. 기부하든가."

"아아, 그래서 6천억도 통신망 건설에 다 넣은 거야?"

"우리가 돈이 없는 것도 아니고 피 묻은 돈을 탐할 이유는 없잖아요. 그럴 바엔 국민 생활 향상을 위해 투자하는 게 낫겠죠. 그렇게 발표하죠."

"알았다. 안 그래도 나도 그 돈을 활용하느니 기부하는 게 어떨까 생각 중이었다. 장 총괄 말대로 우리가 돈이 없는 것도 아닌데 말이지."

"그렇죠."

"아 참, 아 참, 아 참. 내가 그것 때문에 온 거 아닌데. 그거 물어보러 왔어."

"뭘요?"

"좀 있으면 출소하잖아."

"누구요?"

"그 사람, 보통 사람."

"아~."

노태운.

"만나 볼 거야?"

"공식적으로 모르는 사람인데요, 뭘."

"그런가?"

"크게 신경 쓰지 마세요. 나중에 어떤 식으로든 만나겠죠."

"그런가? 알았다. 나는 소송이 마무리된 걸 알릴 보도 자료를 만들게."

"감사해요."

"뭘. 우리 장 총괄이 고생하지. 나 간다."

"조금만 더 애써 주세요."

"고럼고럼."

◇ ◆ ◇

≪노태운 전 대통령이 출소하고 있습니다. 지금 서울남부교도소에는 수천 명의 지지자와 관계자들이 연신 연호하며

그의 출소를 반기고 있습니다.≫

리포터의 말에 따라 카메라가 바쁘게 현장 상황을 찍어 날랐다.

교도소 주위로 빼곡하게 모인 사람들이 두 주먹을 불끈, 왕의 귀환을 환영하고 있었다.

잠시 후, 철문이 삐이익 열리며 조금은 초췌해진 모습으로 노태운이 걸어 나오는 게 보였다.

나도 신기했다.

그동안 내가 그를 만나 얘기했던 것들은 하나의 가능성일 뿐이었다.

원역사에서는 2020년까지도 호불호가 갈리는 그가 이제는 국민적 환영 속에 돌아오고 있었다. 완벽하게 세탁된 모습으로 정중한 인사와 함께 환대에 답례하고 있었다.

≪이 노태운이가 여러분의 보살핌 덕에 무사히 또 안전히 죗값을 치르고 보통 사람, 야인으로 돌아왔습니다. 감사합니다. 저는 앞으로 전임 대통령이라는 과분한 이름을 내세우지 않고 분수에 맞게, 오로지 국가와 민족만을 바라보며 살아갈 것을 약속드립니다. 여러분 사랑합니데이~.≫

특유의 미소와 함께 손 하트도 날리고 지지자들과 악수도 하고 울먹이는 이들은 안아 주기도 하고 아주 오랫동안 자리에서 머물며 그곳까지 찾아와 준 이들에게 감사를 표했다.

보면서도 아주 기묘한 느낌을 전해 받았는데.

금기야 같이 TV로 시청하던 이학주와 도종민은 박수까지 쳤다.

"우와~ 진짜 대단합니다."

"그렇지. 우리가 저런 대통령을 가진 거다."

"감격스럽지 않습니까? 약속을 전부 지키는 대통령이라니 전에는 상상도 못 했습니다."

"내 말이. 나는 이제 군인들도 용서해 주련다."

"저도요. 저런 참군인도 있는데 말이죠."

"맞아. 어디에서나 몇몇이 문제인 거지. 대부분은 자기 직분에 충실해. 안 그랬으면 우리나라는 진즉 무너졌을 거야."

저기 어디에 청운무역 임정도도 있을 것이다. 아무도 모르게 경례를 붙이면서.

그가 변하지 않을 걸 나는 알고 있었다. 그래서 더 기꺼운 것도 있었다.

저런 관계니까 아무것도 주어진 게 없을 때도 일생을 걸었겠지.

"왜 고개를 끄덕여?"

"예?"

"방금 뭔가 아는 것처럼 고개를 끄덕였잖아."

"아니에요."

"어, 빼는 거야? 종민아, 너도 봤지? 장 총괄이 의미심장하게 끄덕이는 거."

"분명히 봤습니다."

얼씨구나.

"털어 봐. 또 무슨 꿍꿍이야?"

"꿍꿍이 없어요. 그냥 대단해서 고개를 끄덕인 것뿐이라고요."

"아닌 것 같은데."

"맞아요."

"에이~ 솔직히 말해 보자. 사람 궁금하게 하지 말고."

"없어요. 저 사람을 보다 보니까 우리 시작할 때가 떠오르기도 하고 만감이 교차해서 그런 거예요."

"그런가?"

"그렇잖아요. 맨 처음 우리 고문님 만났을 때 용길이 아저씨랑 위대한 탄생까지 다 사기꾼으로 몰았잖아요. 이따위 계약서를 가져오냐고요."

"어……. 어, 그 얘긴 꺼내지 말지? 내가 조용길 이사한테 얼마나 사과한 줄 알아? 그때 술 먹다 사람이 이렇게도 갈 수 있겠구나 깨달았다고."

사과주 산다고 조용길과 대작했다가 며칠을 앓아누웠다.

고개를 절레 흔드는 이학주를 보며 도종민이 키득댄다.

너도 안전빵은 아니지.

"우리 도 실장님의 열정도 대단했죠. 대구 사글셋방까지 찾아갈 줄 누가 알았나요?"

"맞다. 은희가 우리 장 총괄한테 까칠하게 굴었다가 된통 당했다지?"

"은희가 언제 까칠하게 굴었어요? 저 믿고 여기까지 온 애인데."

"나도 기억한다고 자식아. 물어도 대답도 않고 까불다가 조용길과 위대한 탄생 보고 이상한 회사는 아니구나 하고 믿었잖아. 그때 내 사무실에까지 쫓겨 와서 욕먹은 거 잊었어?"

"거 쓸데없이 기억력만 좋아서는."

"뭐?!"

"총기가 여전하시다고요. 어떻게 그런 것도 다 기억해요?"

"내가 사법 연수원 7기다 자식아."

시끌시끌. 더 놔뒀다간 시장판으로 만들겠다.

얼른 내보내야겠다 마음먹는데 전화기가 울렸다.

받았더니 정홍식이다.

"잠깐만요. 정 대표님이에요."

[누구 있습니까?]

"고문님이랑 도 실장님이요."

[그 사람들이 이 시간에 왜 총괄님 사무실에 있죠?]

"아, 노태운 전 대통령이 방금 출소했거든요. 그거 구경하다가 갑자기 두 분이 싸우네요."

"우리가 언제 싸웠어?!"

"맞습니다. 그저 기억력에 대한 칭찬일 뿐입니다."

"이러네요."

[한국은 좋군요. 저 혼자 미국에 박아 두고.]

아차차. 이학주와 도종민을 얼른 조용시켰다.

정홍식이 삐치려 한다고. 쉿!

"설마요. 오늘 처음 이러신 거예요."

[흐음, 믿을 수가 없는데요.]

"아니에요. 두 분이 언제 제 사무실에 들어오시는 분들인가요? 다들 바쁘신데."

[하긴 그렇긴 하겠군요. 아 참, 상의드릴 일이 있습니다.]

"상의요?"

[예.]

상의할 일이라. 무슨 일일까?

당분간 DG 인베스트에서 할 일은 없는 거로 아는데.

[라일리가 검색 엔진 개발자를 하나 더 발굴한 것 같습니다. IT 쪽 시장 전망이 워낙에 좋아 나쁘지 않긴 한데 야후랑 겹쳐서 살짝 고민됩니다.]

"검색 엔진 개발자요?"

[예, 대학원생인데 스탠퍼드 쪽에 심사를 넣으려는 걸 라일리가 스톱시켰다고 하더라고요. 이런 쪽은 선점하는 게 좋

다는 주장인데 저는 너무 중복이 아닌가 판단하고 있습니다.]

무엇이 정해지지 않았을 때는 정홍식도 라일리도 옳다고 보는 게 맞았다.

하지만 지금 야후는 상장을 눈앞에 두고 있고 대박이 점쳐지고 있었다.

다른 검색 엔진이 시장에 자리 잡을 여력이 있는지는 굳이 조사하지 않아도 계산은 금방 마칠 수 있었다. 이쪽도 부익부 빈익빈이 크니까.

그래도 확인은 해 보자.

"무슨 회사인데요?"

[그보다 작년 8월, 넷스케이프 상장 소식은 들으셨습니까?]

"그야…… 예."

이도 유명했다. 14달러에서 시작된 주식이 75달러까지 치솟았으니.

넷스케이프는 현재 IT 주를 이끄는 왕자였다.

[라일리 말로는 이들도 넷스케이프만큼 유망하답니다. 야후에는 없는 검색 기능을 연구 중이고 성공만 한다면 야후를 뛰어넘을 수도 있다고요.]

"예?"

[연구 분야가…… 그러니까 간단히 말해 웹 페이지에 순위를 매기고 높은 순위별로 검색 결과는 띄우는 방식이랍니다. 야후와 다르다고요.]

웹 페이지에 순위를 매기는 방식이라고?

가만……!!!

"잠깐, 잠깐만요. 그거 혹시 다른 웹 페이지와 링크가 많이 되는 페이지에 가중치를 두는 방식은 아니죠?"

[어, 아십니까?]

페이지랭크였다. 구글의.

향후 검색 엔진에서는 빼놓을 수 없는 개념.

얘들도 스탠퍼드였나?

"이것 참, 스탠퍼드가 우리랑 인연이 참 깊네요."

[……?]

"야후도 그렇고 엔비디아도 그렇고 이번에도 꽤 쓸 만한 느낌이네요."

[…….]

"그거 잡죠. 얼마면 되겠대요?"

[가격이요? 그게 좀 곤란합니다. 아직 회사도 없고 결과물도 나온 게 아니라서요.]

"스탠퍼드 심사 넣으려 했다면서요?"

[개념도 정도만 정리한 거랍니다. 그걸 라일리가 스톱시킨 거고요.]

"스탠퍼드 심사 통과되면 얼마나 지원받는데요?"

[거기까진 안 알아봤는데. 많아 봤자 1, 2만 달러나 될까요?]

"그럼 100만 달러 부르세요."

[예?]

“지분 40%에 개발된 검색 엔진에 대한 소유권을 DG 인베스트가 가진다는 조건으로요. 물론 사용 심의는 개발자의 동의를 거쳐서 한다고 하면 나쁘지 않을 거예요.”

[총괄님은 좋게 보시는군요.]

“좋게 보여요. 어쩌면 우리 DG 인베스트와 함께 갈 인연 같다는 느낌도 들고요. 향후라도 자금이 부족해지면 지원해 주는 게 좋겠어요. 지분율은 고정하고요.”

[조건이 아주 후하군요. 알겠습니다. 이러면 제 고민이 필요 없겠네요. 그럼 그들에 대한 지원을…… 어어, 굳이 그렇게까지 갈 필요 있나요? 방금 든 생각인데 그럴 바엔 차라리 우리가 다 인수하죠.]

“예?”

[어차피 키워 주는 방식이잖습니까? 자금은 더 투자해도 지분율 고정이라면 굳이 어렵게 갈 필요가 없을 것 같은데요. 그냥 우리가 하죠.]

“어!”

[좋지 않습니까? 총괄님께서 인연을 느꼈다면 저도 두 사람이 우리 배에 타는 건 찬성입니다. 게다가 아직 아무것도 없는 상황이 아닙니까? 숙이고 갈 이유가 없지요.]

우와~ 늙은 생각이 맵다더니. 왜 이런 생각을 못 했을까.

지금 구글은 스타트업도 아니었다. 시작도 안 한 단계. 특히나 현재 스탠퍼드에 명망 높은 DG 인베스트라면 인재 채용 정도는 충분히 가능한 일이었다.

"그러네요. 그게 제일 좋겠네요. 그들을 입사시키시죠. 일단 개념도 구입 명목으로 50만 달러씩 주고요. 향후 개발에 성공하고 회사를 설립하게 된다면 스톡옵션으로 5%씩 약속해 주세요."

[총괄님 일하는 방식이야 제가 더 잘 알죠. 고액 연봉에 연구비도 청구하면 따로 나오는 거로 하면 되겠죠? 다만, 회사를 세운다면 경영진은 누가 하는 게 좋을까요?]

"그 두 사람에게 시키면 되겠죠."

[무척 반기겠네요. 우리로서는 다 퍼 주는 격이라지만 총괄님을 아는 저로서는 합리적인 결정이라 말하지 않을 수가 없네요. 설사 안 되더라도 우리로서는 껌값이잖습니까.]

"됐나요?"

[제가 직접 스탠퍼드로 날아가겠습니다.]

"부탁드려요."

[그럼요. 여태 총괄님이 인연을 느끼셔서 성공 못 한 사업이 없습니다. 무조건 잡아 오겠습니다. 멱살을 잡아서라도.]

"파이팅."

전화를 끊자마자 숨죽이고 있던 이학주와 도종민이 득달같이 달려들었다.

"또 뭐야?"

"또 뭡니까?"

"예?"

"지금 하이에나 같은 표정을 지었어."

"맞습니다. 저도 봤습니다."

"아니에요. 그냥 투자한 거예요."

"장 총괄한테 그냥 투자가 어딨어? 또 큰 건이지?"

"말해 주십시오. 무엇이 그렇게 감추시는 게 많습니까?"

"아무것도 아니라니깐요."

"그러지 말고……."

"그러지 마시고……."

특종을 본 기자처럼 달려드는 이학주와 도종민에 시달리려는 마당에 문이 벌컥 열리며 정은희가 들어왔다. 모든 사람이 스톱. 다들 그녀의 시선을 피했다.

"큼큼, 난 이제 법리 검토나 하러 가야겠다. 오늘 할 일이 좀 많네."

"저도 올해 예산을 다시 살펴봐야겠어요. 어디 새는 돈이 없는지."

두 사람이 스르륵 나가자 나만 남았다.

이곳은 내 사무실이라 어디 도망갈 데도 없었다.

"시간이 됐습니다."

"예?"

"외신과의 인터뷰, 잊으셨습니까?"

"아~."

"아무래도 아까 두 분이 총괄님의 정신을 또 빼놓으셨나 보네요. 안 되겠어요. 가서 한마디 해 줘야지."

"아, 예."

파이팅.

"어서 준비하셔야지요. 샵도 예약해 놨습니다."

"그런……가요?"

"출발하시죠. 오늘은 제가 동행하겠습니다."

"예?"

"왜 놀라시죠?"

"아, 아니요. 좋아서 그렇죠."

"좋다시니 다행입니다. 앞으로도 더 열심히 보좌하겠습니다."

"……예."

여우를 피했더니 호랑이가 나타난 느낌이라.

무슨 정신으로 샵에 가서 머리 다듬고 옷도 정리하고 그랬는지 모르겠다.

이것저것 꾸미고 돌아왔더니 오필승의 앞마당엔 국내외 기자들이 진을 치고 있었다.

이들이 이렇게 한데 모인 이유는 하나였다.

나의 대중국 발언.

중국의 불공정과 불안정성, 사회주의 국가가 가진 필연적 마찰 가능성 등등.

수도 없는 인터뷰 요청에 일일이 다 답해 줄 수 없어 선택한 돌파구는 단 한 번의 기자 회견이었고 그게 오늘이었다.

만만찮은 자리.

인사가 끝남과 동시에 시작부터 매서운 질문이 날아들었다.

"현시점 중국 투자가 위험하다는 발언을 하셨는데 지금도 그 생각이 같은지 묻고 싶습니다."

"페이트의 발언 이후 세계의 대중국 투자가 78% 이상 감소했습니다. 상당한 파급력인데요. 중국과 교역에 힘을 싣던 국가 대부분이 곤욕을 치르고 있다는 걸 아십니까? 이에 대해 어떤 의견을 가지고 계십니까?"

"일각에서는 한 번도 중국에 가 보지 않은 사람이 중국을 평가한다는 부정적인 말도 나오는데 이에 대해 어떻게 생각하십니까?"

"조사한 바 실제로 불공정과 더불어 불합리한 일들이 중국 내에서 벌어지고 있다는 걸 파악했습니다. 파산만 하고 나오는 기업체들도 벌써 생기고 있고요. 이를 조금 더 빨리…… 미연에 방지할 수도 있었음을 인정하십니까?"

"사회주의 국가가 가진 한계란 발언도 하셨는데요. 수많은 동구권 국가들과 수교에 박차를 가해 온 한국의 정책을 반대하시는 입장이십니까?"

"얼마 전 뉴스에서 방영된 영상을 보면 중국이 침략국이라 하였는데요. 지금도 그 생각은 변함없으십니까? 그렇다면 침략국과 수교하는 한국의 정책을 어떻게 판단하시는 중인가요?"

내뱉는 단어 하나에도 신경 써야 할 질문이 있는가 하면.

"역사를 보면 한국은 중국의 조공국이었는데 어째서 중국의 발전을 방해하는 건가요? 중국의 법제는 국가 간 교역에 합리적으로 대응하고 있다고 보는 게 대세인데 정반대의 길을 걷고자 하시니 무슨 연유인지 자세히 말씀해 주십시오."

"휘트니 휴슨턴 건처럼 이 일도 어쩌면 관심을 끌려는 방편일 수 있다는 애기가 항간에서 나오고 있습니다. 이로 인해 벌어질 막대한 손해를 감당하실 수 있겠습니까?"

"중국 투자가 위험하다고 했는데 다른 대안은 있는 겁니까? 다른 대안이 없다면 단순히 중국 죽이기밖에 되지 않는 것 같은데. 이에 대해서는 어떻게 생각하고 있으십니까?"

"중국 혐오를 보이셨는데. 도대체 언제부터 중국인을 혐오하셨습니까?"

중국인지 일본인지 모를 언론들도 섞여 있었다.

날을 잡았는지 악의적인 질문으로 도배해 대며 자기들이 무엇을 위해 이 자리에 나오게 된 건지 노골적으로 드러냈다.

하지만 그런 노력에도 내 입에서 나올 말은 정해져 있었다.

이미 수많은 경제학자가 경고한 점을 예로 들며 이렇게 각국의 관영 매체가 참여할 정도로 심각한 점을 스스로가 인지하고 있지 않냐고. 가진 논리에 논리를 더해 최선으로 중국을 깎아내렸다.

중국은 태생부터가 불공정의 나라로 이를 시정하지 않는다면 수많은 힘없는 이들이 뒤통수를 맞을 것이며 알토란 같은 기술력과 투자금 또한 회수하지 못할 거라는 얘기를 말이다.

화룡점정으로 마지막엔 이런 말도 덧붙였다.

민주주의는 개인의 선택을 존중하는 만큼 내 발언은 바닷가 한켠에 붙은 수영하지 말라는 팻말 같은 경고문일 뿐이니 강제력은 없다 했다. 다만 빠져서 어떻게 되는 건 개인별 문제니 여기까진 책임져 줄 순 없다고.

중국과 친중국 인사들이 아등바등 어떻게든 이 상황을 돌리려 하였지만. 언론에서 심도 있게 다룰수록 중국의 허점과 불안정성만 공공연히 드러났다.

급기야 희극인들까지 사태를 비꼬아 중국에 투자하려는 기업은 똥멍청이라는 발언을 해 대자 세계의 대중국 투자는 빙하기가 온 것처럼 싸늘해져 갔다.

물론 그럼에도 싼 임금에 혹한 대중국 러시는 여전히 진행 중.

나는 애초부터 세계 경제의 대중국 방향성을 이끌려는 의도는 1도 없었다.

그저 2020년을 본… 기세를 탄 중국이 앞으로 어떻게 행동하고 또 주변국에 어떤 후폭풍을 불러오는지 전부 봤기에 겸사겸사 천기를 짚어 준 것밖에 없었다.

욕망을 숨기지 않는 강자의 위험성을 톡톡히 경험해 본 자만이 알 수 있는 내용으로.

즉 나도 이것이 세계 저명한 경제학자들의 지지를 불러올 줄은 몰랐다는 것.

내가 세계 경제 포럼에 초청되고 혹은 지나친 친중국에 저항하려는 반공주의자들의 지지를 받고 또 그들의 주장을 뒷받침할 만한 근거로 내 의견이 예시로 들릴 줄은 몰랐단 거다.

물론 중국 내 불협화음의 증거는 찾으려고 하면 넘치고도 넘쳤다.

밖으로 드러나지 않았을 뿐 나는 그저 트리거에 불과했다. 총알이 아닌 핵폭탄 트리거라서 문제가 커지긴 했지만, 어쨌든 이런 차에 각국 정부가 취할 수 있는 태도는 별로 없었다.

존버하거나. 시정을 요구하는 수밖에.

결국 바통은 또 클린턴에게로 넘어갔다.

이쯤 되자 중국도 사안을 심각하게 받아들였다. 미국이 이 사태에 어떻게 접근하는지에 따라 세계 대중국 무역의 기조가 달라질 테니까.

"올 때가 됐는데 안 오네. 지들끼리 해결 보려고 그러나?"

며칠 전부터 미국 애들을 기다리는 중이다.

1979년 수교 이래 중국의 가능성을 하나의 시장으로서만 인식했던 미국이라면 분명 어떤 제스처를 보일 걸 알고 있었기 때문이기도 한데.

안 그래도 중국 외교부장이 미국에 갔다는 소식도 듣고.

여태 전화조차 없는 걸 보니 여전히 밀실에서 쑥덕쑥덕거리는 모양인가?

"……."

재선을 앞둔 클린턴이 무리수를 두려 하나?

살짝 의심해 보았지만 금세 고개를 저었다.

"그렇게 놔두진 않겠지. 헤지펀드 놈들이 한창 작업 중일 텐데. 클린턴이 사라지면 끝이잖아. 분명 쉽게 넘어가진 않을 거야."

중국에 대한 인식이 나빠진 만큼 여론의 흐름도 또한 중국에 대한 사건에 민감해졌다.

이럴 때 중국에 대한 우호적 정책을 편다면 공화당은 이때다 싶어 들고 일어날 테고 클린턴은 위기에 빠질 것이다.

즉 헤지펀드가 그걸 두고 볼 리 없었다.

헤지펀드의 세상에서 아시아는 물 반 고기 반의 천국.

여타 방어막 하나 없이 살이 통통 올라 제 죽을 줄도 모르고 돌아다니는 애송이들의 온상을 놔두고 어찌 백악관의 주인을 바꿀까?

제대로 된 한탕을 하려면 클린턴 없이, 미국 정부의 도움 없이는 안 된다. 클린턴이 주창하는 신자유주의는 헤지펀드의 입맛에 딱 맞아떨어지는 정책이니까.

"오겠지 뭐."

와야 할 것이다.

결국 오필승이 중국과 협력하느냐 마느냐에 따라 운신의

폭이 달라질 테니.

"으흠……."

그때까지 편하게 기다리자 마음먹은 지 5분이나 됐을까?

미국에서 손님이 왔다는 지군레코드 사장의 전언이 왔다.

미국에서 손님이 왔는데 지군레코드 사장은 왜?

만났다.

손님은 오라는 미국 국무부나 대사관 쪽이 아닌 영화사였다.

"안녕하십니까? 파라마운트 픽처스에서 일하는 로엔 라이트입니다. 이렇게 만나게 되어 참으로 기쁩니다."

"아, 예, 안녕하세요. 저도 반갑습니다."

"로엔 라이트 씨는 영화 제작 총괄이래."

지군레코드 사장이 거든다.

그러니까 무슨 영화 말이에요?

로엔 라이트가 조금은 여유로운 미소로 자기가 온 이유를 꺼냈다.

"이번에 우리 파라마운트에서 대기획을 하나 설계 중입니다. 20세기 폭스, 라이트스톰 엔터테인먼트와 공동 제작에 들어가는데요. 이미 총 2억 달러에 달하는 투자금이 모인 상태입니다."

"2억 달러요?"

"그렇습니다."

자신만만한 대답.

그럴 만도 한 게 2억 달러면 웬만한 할리우드 네다섯 편을 제작할 금액이다. 대기획이 맞는 모양.

"상당하네요. 그래, 저는 무슨 일로 찾아오셨습니까?"

"음악 감독을 의뢰하고 싶습니다."

"저를요? ……저에 대한 소문을 들으셨을 텐데요?"

"소문이 아니란 것도 확인했습니다."

확인했다라. 감수하겠다는 건가?

"물러설 수 없는 사정이 있나 보네요."

다시 짚어 보지만, 매출 10% 개런티는 제작사 입장에서는 엄청난 부담이었다.

비록 내가 음악 감독으로 들어간 영화가 제작비의 열 몇 배씩 흥행이 됐더라도 포장지를 까는 순간 수익의 상당 부분이 나에게 돌아오기에 제작사로선 영광만 가져가고 뒤에서 웃는 건 나라는 소문이 돌 정도로 뒷얘기가 좋지 않았다.

그래서 들어가는 영화마다 성공했음에도 영화계에서는 다시 나를 부르지 않았다. 나 때문에 음악 감독의 개런티가 오른 것도 있고, 그마저도 다행일 만큼 나는 무시무시한 개런티를 자랑하니까.

이런 와중에 나를 선택했다는 건 달리 생각할 여지가 없었다.

위험하다는 것.

로엔 라이트는 조용히 차를 한 모금 하더니 허리를 앞으로 당겼다.

"솔직하게 말씀드려도 될까요?"

"저야 좋죠."

"이번 영화의 감독을 맡으신 분이 제임스 카메룬입니다."

"아아, 그렇군요."

감독 훌륭하고.

"하지만 그가 제작하려는 영화는 이미 다른 영화에서 다룬 적이 있는 주제인 데다 역사적 사실을 다룬 시대극이라는 점입니다."

"……?"

"할리우드에는 금기시되는 주제들이 있죠. 물을 배경으로 하는 영화는 망한다."

"……!"

"컷스로트 아일랜드와 워터월드란 영화를 보신 적 있으십니까?"

"예, 봤습니다."

아주 재밌게. 나는 모험물을 좋아하니까.

"두 작품 모두 물을 배경으로 엄청난 자본을 쏟아부은 영화입니다. 똑같이 망해 버렸고요. 특히 워터월드는 잘나가던 배우를 거의 재기불능 수준까지 몰아 버렸죠. 제임스 카메룬의 유일한 망작 어비스 또한 물을 배경으로 한 영화입니다."

불안하다는 것이다.

2억 달러나 쏟아붓는데 실패한다면 이사회가 목부터 댕강 날려 버릴 테니.

“더구나 제작비가 당초 예상 대비 40%나 늘어났습니다. 제임스 카메룬이 밀어붙이다시피 끌고 가는 입장이긴 한데…… 그는 자기가 받을 개런티를 포기하면서까지 열을 올리는 중이죠. 그만큼 모든 걸 다 걸고 있다는 뜻인데 이게 더 불안합니다.”

“…….”

“다시 처음부터 말씀드리면 사실 우리 파라마운트는 이 영화와 관계가 없었습니다.”

“……?”

“20세기 폭스가 제임스 카메룬의 욕망을…… 제작비를 감당하지 못하자 리스크를 줄이기 위해 다른 투자사를 물색했고 유니버설 쪽과 논의하다 우리 쪽으로 넘어오게 된 거죠. 유니버설은 앞서 예를 든 워터월드로 심대한 타격을 입은 상황이라서요.”

주절주절 영화 제작 뒷얘기가 나오고는 있는데 정작 중요한 정보는 꺼내지 않고 있었다. 갑갑하게.

그래서 그녀의 말을 끊었다.

“그러니까요. 무슨 말씀을 하고 싶은 거예요? 저더러 투자라도 하라는 겁니까?”

“예?”

“투자사가 늘어난 것부터 제작비가 늘어나 불안하다는 것까지는 제가 알 필요 없는 얘기잖아요. 안 그래요?”

"아, 그……렇습니다. 제가 사설이 길었네요."

"영화 내용이 뭔데요?"

"죄송합니다. 제일 중요한 내용을 말씀 안 드렸군요. 타이타닉입니다. 타이타닉호의 침몰 사고를 바탕으로 두 남녀의 사랑 이야기를 그린 영화입니다."

타이타닉이라면 월드 박스 오피스 20억 달러를 기록하는 영화가 아닌가.

초대박작.

이런 영화를 두고 징징대냐는 마음이 들 수도 있겠지만 이런 건 나만이 할 수 있었다.

애들은 이런 사실을 모르고 2억 달러나 쏟아붓는 입장에서 제임스 카메룬의 객기는 마냥 감독 이름값만 믿고 넘기기에는 리스크가 너무 컸다.

그 수익의 상당 부분을 희생해서라도 나를 끌어들이려는 이유가 여기에 있었다.

페이트란 흥행 보증 수표.

제임스 카메룬과 페이트의 합작.

그 순간 최소 10억 달러 매출은 나올 거라 보는 게 틀림없었다. 그것만 돼도 면피는 할 수 있을 테니까.

재밌었다.

세계 최고라는 할리우드 영화판이 이렇게나 작았나?

Chapter 102

# Chapter 102

돌을 던져 봤다.

"제작비가 늘어나 불안하다고 했죠?"

"맞습니다."

"제가 1억 달러 투자하면 지분을 얼마나 받을 수 있죠?"

"예?"

"그냥 묻는 거예요. 1억 달러 투자하면 지분이 얼마인지 말이죠."

"아……. 그건 제가 결정할 선을 넘었습니다."

"문의해 보세요. 제임스 카메룬 감독이라면 언젠가 같이 한번 작업해 보고 싶었는데 지분이 만족스러우면 참여할게요."

"……정말이십니까?"

"못 믿으시는 거예요?"

"아, 아닙니다. 서둘러 답을 가져오겠습니다."

사흘이 걸렸다.

그녀가 다시 우리 오필승의 문에 노크를 한 건.

로엔 라이트는 전보다 더욱 낮아진 자세로 결론을 내줬다.

"1억 달러 투자에 대한 논의를 끝냈습니다."

"예."

"먼저 양해 말씀을 드리면 1억 달러가 들어온다는 전제하에 총 3억 달러의 제작비에서 페이트 님이 가져갈 지분은 보통 33.3%가 되어야 정상인데 들어온 시기의 차이도 있고 하여 28%로 결론 났습니다."

"28%요?"

"예, 맞습니다."

내가 뚱한 표정이 되자 로엔 라이트는 침을 꼴깍 삼켰다.

이 건이 성공한다면 자그마치 1억 달러라는 투자 유치에 성공하게 되는 것이다. 이는 당장 인센티브에도 영향을 끼칠 테지만 장차 그녀의 커리어에도 상당한 힘을 발휘할 것.

웃어 줬다.

"잘 쳐주셨네요. 알았어요. 곧 연락이 갈 거예요. 같이 잘해 보죠."

"정말이십니까?!"

"로엔이라고 불러도 되죠?"

"예, 얼마든지요."

"몇 번 느끼는데 로엔은 되묻는 습성이 있네요. 그거 좋지 않아요."

"아, 죄송합니다."

"음악 감독 계약이나 하죠."

"……예?"

"정신 차리세요. 음악 감독 계약 안 하실 거예요?"

"합니다. 합니다."

타이밍도 절묘하게 이학주가 들어왔고 사흘 전 그녀가 두고 간 계약서를 펼쳤다. 거기엔 제작 삼사 모두의 사인이 들어가 있었고 내 것은 공란이었다.

보는 앞에서 사인.

DG 인베스트가 투자사로 들어가며 다시 계약서를 작성해야겠지만 페이트를 음악 감독으로 하겠다는 조항만 넣으면 상관없는 부분이라 진행시켰다.

음악 감독 섭외하러 왔다가 페이트라는 거물의 투자까지 얻은 로엔 라이트는 싱글벙글 웃음이 나오는 입가를 감추지 못하고 7월에 크랭크인이라는 말을 남기고 미국으로 돌아가 버렸다.

끝.

◇ ◆ ◇

"미팅하자."

"으응?"

"무용과랑 겨우 잡았다."

거의 교양 과목 위주인 1학년 1학기라 일주일에 한두 번 전공과목 수강할 때밖에 보지 못하는 동기가 뜬금없이 요란한 미끼를 던졌다.

그것도 서울대 내에서 환상의 과로 점철되는 무용과로.

나도 순간 움찔했다. 교양 과목을 돌다 보면 가끔 스치는 일반인들과 다른 가녀린 선들의 향연이 있는데.

어려서부터 방송국, 연예계를 돌며 예쁜 사람만 보아 온 내 공으로도 잠시 설렐 만큼 그녀들이 일으키는 봄바람은 칙칙하고 빽빽하고 두껍고 무거운 법전이라는 괴물 속에 메인 활자 중독자들을 흥분시키기에 충분하고도 넘쳤다.

지금 보라. 무용과와 미팅한다는 소식만으로도 법대 전체가 들끓어 오른다.

그나저나 얘는 참 재주도 좋다. 어떻게 이런 자리를 마련했지?

"안 돼. 나 바빠."

"그건 내가 더 안 돼. 네가 에이스인데 빠지면 우린 그냥 폭망이야. 여기 어디에 미팅에 데리고 나갈 얼굴이 있어?"

내가 에이스인 건 맞지만.

경고해 줬다.

"너도 그렇게 신문에 나고 싶냐?"

"내가 왜?"

"내가 미팅에 나갔다는 소식이 언론에 들어가 봐라. 그날 나온 애들 탈탈 털려서 방송이고 신문에서 나올 텐데 감당할 수 있겠어?"

"……!"

"친구야, 너뿐이 아니라 날 미팅에 데려가려는 시도는 아주 오래전부터 있었다. 헌데 다 실패했어. 왜? 사회 정서가 우리의 미팅을 반기지 않아. 너야 뭐 그러든 말든 상관없겠지만, 무용과 애들은 어떻게 되겠냐? 아빠, 엄마 호출을 당하지 않겠냐?"

"……!!!"

침을 꼴깍.

도저히 안 되겠다 판단했는지 물러선다.

짜식이 한 번 더 권하지. 상황 판단은 빨라서.

유명해지는 건 이래서 곤란했다.

은근슬쩍이 안 된다는 것.

사람이 살다 보면 자기를 살짝 놓고 싶을 때도 있고 또 그러고 싶을 때가 간혹 있지 않나? 하지만 나는 그래서 더더욱 조심해야 했다.

날뛴 만큼 적이 많았으니까.

내 삶을 예쁘게만 봐 줄 거라는 소망은 그야말로 소망일 뿐 현실의 나에겐 애당초 해당 사항이 없었다.

'뭐 어쩌나. 이게 공인의 삶인걸.'

미팅?

그리 궁금하지도 않았다.

소싯적 안 놀아 본 것도 아니고.

강의실에서 나가다가 맑게 갠 하늘을 봤다. 아침부터 부슬부슬 비가 내리더니 이렇게 청명한 하늘을 보여 주려고 그랬나?

둥둥 떠다니는 구름도 참으로 예쁘다.

"우리 색시도 하늘이랑 구름을 참 좋아했는데."

꽃을 좋아했고 바람결을 느끼는 것도 즐길 줄 알았다. 봄날 새로 자라는 연두빛에 감탄했고 들녘의 시원함을 예찬했다.

자연의 푸르름을 좋아하는 여자.

"……."

잘 있으려나?

지금쯤이면 친구들과 한창 바쁘게 오갈 때인데.

"……."

너무 보고 싶다.

"……."

가 볼까?

"……."

눈으로 보고 싶었다.

그 사람이, 그 사람이 다니는 교정이.

안 되겠다. 백은호를 불렀다.

"인천으로 가 주세요."

"예?"

"인천 대학교로요."

"인천 대학교요?"

"예."

"예, 알겠습니다."

"하하하, 우리 밥 먹으러 갈까?"

"좋아."

"에이, 무슨 밥이냐? 술이나 때리자."

"술도 좋지."

"떡볶이랑 맥주는 어때?"

"떡볶이집에서도 맥주 팔아?"

"얘가 모르네. 여기 제물포야. 제물포. 안 되는 게 어딨어?"

삼삼오오 신나서 돌아다닌다.

새내기든 푹푹 쩐 군복을 걸치고 다니는 복학생이든 새 학기의 계절은 이렇게도 활기찼다.

하지만 내가 원하는 건 없었다.

물어물어 일본어학과 앞에까지 가 기다렸지만 도통 나오지를 않았다.

오늘 강의가 없나? 교양 과목 들으러 갔나? 길이 엇갈렸나? 학교 안 오는 날인가? 시간이 갈수록 오만 생각이 다 들었고 괜히 초조해졌다.

결국 3시간째 앉아만 있다가 일어났다.

"……."

아쉽고 하릴없는 마음에 괜히 교정을 걷다 혹시나 근처 술집과 밥집에 있을까 싶어 급히 돌아보았지만, 이 역시도 찾을 수가 없었다. 좋아하는 분식집에도 없고. 참기름 뿌린 쫄면을 참 좋아하는데.

결국 못 만났다.

"……."

씁쓸한 마음 감출 길이 없었다.

멀찌감치라도 봤으면 좋았을 텐데…… 오늘은 아닌 모양이다.

"가시죠."

"돌아갑니까?"

"예."

백은호만 고생했다.

서울로 가는 길, 울적한 마음에 가만히 창밖만 바라보는데 분위기를 풀어 볼 요량이었는지 백은호가 내게 물었다.

"인천까지는 왜 가셨는지 물어봐도 될까요?"

"……그게, 음."

"……."

살짝 저어됐으나 백은호와 나는 감출 게 없었다.

매일 붙어 다니는 관계.

내가 어딜 가든 그는 곁에 있고 즉 이 일도 언젠가는 알게 될 것이다.

말했다.

"누굴 좀 만나고 싶어서요."

"그러십니까?"

"못 만났네요."

"약속이 되지 않으신 거로군요."

"예."

"알겠습니다."

이대로 끝내려는지 말을 멈추는 백은호였으나 나는 끝나지 않았다.

"부탁 하나 드려도 될까요?"

"물론입니다."

"인천대 일본어학과 1학년 전공 수업 날짜와 강의실 좀 알아볼 수 있을까요?"

"인천대 일본어학과 1학년 전공 수업인 거죠?"

"예."

"쉬운 일입니다."

"감사해요."

"하루만…… 아니, 내일 바로 가져다 드리겠습니다."

무슨 일인지 모르겠지만, 마음 편히 있으란 말로 들렸다.

내가 많이 초조해 보였나?

나답지 않게.

하지만 참을 수가 없었다.

둑이 터진 논처럼 걷잡을 수 없는 격정을 느꼈다. 그랬다. 나에겐 그 사람이 미국 대통령보다 한국 대통령보다 더 컸다.

백은호는 내가 무엇을 원하는지 전혀 알 수 없었음에도 약속을 지켰다.

다음 날 저녁이 되기 전에 인천대 일본어학과 1학년의 전공 수업표를 내 손에 들려 줬고 단지 그것만으로도 나는 안심하는 스스로를 봤다. 언제든지 만나러 갈 수 있음이 이렇게도 좋을 수가 있다니.

그것이 주는 행복감을 느끼며 수업표를 품에 고이 접어 넣었다.

'금방 만나게 될 거야.'

내가 이렇게 난데없이 들끓은 청춘에 정신 못 차리고 있을 때 예술계도 전반에 걸쳐 아주 큰 낭보가 떨어졌다.

개정된 음비법(음반 및 비디오물에 관한 법률) 시행에 따라 63년 만에 음반 사전 검열이 폐지된 것이다.

기념비적인 일의 축하를 위해 예술계가 모였고 내가 다니는 서울대 문화관에서는 '음반 사전 심의, 검열 폐지 기념 공연'이 열렸다.

오라 해서 가서 봤는데 이해할 수 없는 동작만 반복한다.

이런 게 현대 예술이라는 건가?

확실히 일반인이 와닿을 만한 건 없었다.

황갑철도 비록 이 일로 그 권한이 대폭 축소되었다고 하나 모니터링을 통해 언제든지 제동을 걸 수 있고 표절에 관해서는 무쌍의 힘을 발휘기에 아쉽지는 않았다.

단지 사전 검열이 없어진 것뿐이다.

"우리나라도 정말 발전했나 봐요."

"그럼 매년 8% 이상씩 성장하는 나라가 어딨어? 두고 보라고. 언젠가 일본도 따라잡고 미국도 따라잡을 거라고."

"당연하죠. 아 참, 들으셨어요? 며칠 전에 코스닥 증권 시장이 개장했다고 하던데."

"신문에서 봤지. 미국의 나스닥을 따라 한 것 같은데 어쨌든 대환영이야."

"어디 살 만한 게 있던가요?"

"그게 궁금했구나. 나야 아직 모르지. 뭐가 유망한지 지금 봐서 아나?"

"총괄님께 물어볼까요?"

"장 총괄? 오호라, 물어봐 달라는 거지?"

탕비실에 물이나 한잔하려고 왔는데 이학주와 도종민이 나를 붙들었다.

"장 총괄."

"예."

"코스닥 개장한 거 알아?"

"7월 1일 신문에 나왔던데요."

"어때? 괜찮을 것 같아?"

"좋죠. 스타트업에는 좋은 기회겠죠."

"쓸 만한 기업이 있어?"

"그걸 찾기보다는 한탕을 더 조심하셔야 하겠죠. 시장이 작은 만큼 작전 세력이 덤빌 확률이 높잖아요."

"정착하려면 아직 멀었다는 얘기네."

"돈 500억이면 출렁거려요. 아직 잠자리 날개보다 가볍죠."

"으음, 알았어. 일단 보류. 종민아, 너도 보류해라. 나중에 우린 장 총괄이 점지해 주는 것만 하자."

"알겠습니다. 심상찮길래 둘러보려 했는데 참아야겠네요."

같이 지내 온 구력이 구력인지라 무슨 얘기하는지 금세 알아듣는 두 사람이었다.

코스닥은 불안정한 시장이며 돈을 벌어도…… 소위 몇십 배씩 대박 나도 고작 몇십억, 돈이 안 되는 시장이었다.

이미 규모의 경제를 걷는 내가 뭐 하러 사서 심력을 소모

할까. 이는 오필승의 임원진도 마찬가지였다. 다들 수십억의 자산가들.

창립 멤버들은 더욱 그랬다. 1996년도 오필승 연봉 체계는 부장급 이사급만 전년도로 고정시켰을 뿐 차장급 이하는 모두 상승했다. 그렇더라도 각각 8천, 1억 5천. 연봉만큼의 보너스 파티가 두 번. 즉 연봉에 3을 곱하면 진짜 연봉이 된다.

더구나 오필승 건설이 땅을 사 모으는 걸 두 눈으로 보아온 이들이라 버는 족족 땅에 투자하여 성공을 거뒀다. 모르긴 몰라도 자산만 100억대를 넘긴 이들도 있을 것이다.

이들뿐인가.

사원급도 월등했다.

일반 회사 사원 월급이 아직 80만 원 선에서 오갈 때인데도 오필승 사원은 사대 보험에 들고도 250만 원씩 가져갔다. 보너스까지 합치면 사원도 연봉 1억을 가뿐히 넘는다.

이게 현재의 오필승.

회사만 잘 다녀도 일생이 편안한 곳.

"인터뷰가 언제죠?"

"아 참, 네 시니까 조금 있으면 하겠네."

오늘은 일이 있었다.

어제 한국이 OECD 가입국으로 최종 확정되며 온 나라가 이를 축하하느라 정신이 없었다. 이제 드디어 선진국으로 들어섰다느니 하며 죄다 김영산을 빨아 댔는데.

이럴 때 세계 유수의 경제학자들과 어깨를 나란히 한다는 페이트의 한마디면 상당한 홍보 효과라 느꼈는지 나에게 부탁을 해 왔다.

다른 일이라면 일고의 고민도 없이 거절했겠지만.

망조로 가는 신호탄을 쏘아 올린 주제에 감히 나한테 마이크를 넘기겠다잖나.

정부야 긍정적 메시지를 기대했겠지만, 나는 시일야방성대곡을 읊어 줄 것이다.

"온다!"

"나온다!"

오필승의 앞마당엔 국내외 기자들이 수두룩하게 깔렸다.

재밌는 건 국내와 외신 기자들이 미묘하게 분위기가 달랐다는 건데.

잔뜩 기대하는 눈빛의 국내 기자와는 달리 외신 기자들은 내가 또 무슨 짓을 할까 궁금해하는 빛을 보냈다. 혹시 다른 의견이 있는가 하고.

'그나마 외신 기자들의 촉이 낫네.'

맞다.

업적을 자랑하고픈 김영산의 의도는 충분히 알겠다. 나랑 몇 번 만난 친분을 이렇게 이용하려는 것도 이해한다.

그러나 그건 김영산의 입장이고.

말이 말이지 회귀한 내가 OECD 가입을 옹호하는 게 더 웃기지 않겠나?

"한국의 OECD 가입이 어제 최종 확정됐습니다. 이제 선진국으로 가는 길만 남았는데요. 국민 모두가 환영하는 가운데 페이트는 이에 대해 어떤 의견을 가지고 있는지 궁금합니다."

나우현마저 헤실거리며 약속된 멘트를 날린다.

그나저나 얘는 편집인으로 승진하지 않았나? 편집인이 어째서 현장에 있지? 내 전용 인터뷰어라서 그런가?

뭐 어쨌든.

"제 생각을 여쭈셨나요?"

"예, 맞습니다."

"형식적인 걸 원하시는 건가요? 아님, 진심을 원하시는 건가요?"

"그야…… 진심이죠."

뉘앙스가 이상하다는 걸 깨달았는지 나우현의 표정이 급격히 굳는다.

눈치는 아직 살아 있다.

"말해도 될까요?"

"……예."

"한국의 OECD 가입이요? 모두가 잘했다고 칭찬하는데, 다들 왜 이렇게 날뛰시는지 모르겠네요. 모두 눈먼 장님인가요? 이게 어떻게 잘한 일이죠? 제게 진심을 물으신다면 저는 이 일을 단 한마디로 정의하겠습니다. 천고의 바보짓."

"예?"

"다시 풀어 드려요? 미친 짓을 한 겁니다. 정부가 사사로운 업적에 눈이 뒤집혀 아무런 준비도 없이 우리나라를 세계 속에 내던져 버린 일입니다. 가히 탄핵감이죠."

"예?!"

웅성웅성.

단순히 부정한 것만이 아닌 탄핵까지 나왔다.

국내 기자는 얼어 버렸고 외신 기자는 좋다고 타이핑을 날렸다.

나도 멈추지 않았다.

"지금 정부가 할 일은 OECD 가입 따위를 서두르는 게 아니라 금융 산업부터 재정비하고 문어발식 확장 일변도인 기업들에 철퇴를 휘두르는 겁니다."

"그게 무슨 말씀이십니까? 자세히 설명해 주십시오."

"글로벌 좋죠. 대외 개방 좋습니다. 사업 다각화도 좋아요. 그러나 우리나라는 시장이 아직 미성숙한 상태에서 특정 산업에만 과할 정도의 투자가 이뤄지고 있어요. 제조업 부채 비율이 95년 말 287%입니다. 올해 말에는 400%까지 보고 있죠. 이게 다 외채입니다. 여러분들이 홍청망청거릴 때 이 나라가 외국에 큰 빚을 지고 있단 말입니다."

"……."

"여기 어디에 웃고 떠들 일이 있나요? 현재 한국의 대외 지급 부담이 380억 달러나 증가했어요. 95년 말 1,200억 달러인 것이 1,580억 달러로요. 내년이면 얼마나 될까요? 대규모 경상 수지 적자도 문제라지만 외화 유동성에 치명적인 약점으로 작용하고 있다는 겁니다. 우린 지금 이 돈을 갚을 능력이 없어요. 사고라도 생겨 채권 회수가 들어오는 날엔 끝이라는 얘깁니다."

"……."

"이런 마당에 OECD요? 스스로 빗장 풀어 집 안에 금송아지가 있다고 밖에다 보여 준 격이잖아요. 본시 탐욕은 보고 듣는 것에서 시작되죠. 도둑놈이 안 끓을…… 공격 안 당할 거라는 보장이 어디에 있나요?"

"그건…… 개인의 추측이지 않습니까?"

조금은 먼 쪽에서 반론이 나왔다.

그 사람을 똑똑히 봐 줬다.

"이 사람들이 아직도 본질을 모르시네. 우리 경제가 영국보다 탄탄합니까?"

"예?"

"갑자기 왜 영국이 나오냐고요? 저기 외신 기자들 고개 끄덕이는 거 안 보이세요? 저들은 '영국'이라는 단어가 나오자마자 알아듣는데 우리 기자님들은……."

"설마 검은 수요일을 지칭하신 겁니까?"

1992년 9월 16일.

이날 아주 역사적인 사건이 일어난다.

영국이 환율 조정 메커니즘(ERM)에서 탈퇴한 날임과 동시에 중앙은행이 외환 정책을 잘못 운용할 경우 어떤 식으로 공격당하는지 또 어떤 식으로 헤지펀드가 달려드는지 여실히 보여 준 날이었다.

조지 소로스의 악명이 세계적으로 유명해진 일을 떠올렸다는 듯 그제야 모두 기겁하였다.

"이제야 좀 제대로 된 기자님이 나오시네요. 맞아요. 영국도 헤지펀드 공격에 무력화됐어요. 우리 한국이 영국보다 더 탄탄하다고 여기시는 분 있으시면 손들어 보시죠."

"그럼 헤지펀드가 우리 한국도 공격할 수 있다는 겁니까?"

"살펴보세요. 우리나라 어디에 그런 대비가 되어 있는지. 전쟁이 누가 공격하겠다 말하고 합니까? 일단 쏘고 보잖아요."

"……."

"경제 상황이 악화했는데도 정부는 안일한 경기 낙관론으로 심각성을 호도하고 금융 기관은 경영 혁신 추진보다는 정부의 암묵적 지급 보장에 의존하여 수신고, 즉 외형 확장에만 열 올리고 재벌 기업은 상호 지급 보증을 활용해 낮은 지분으로 거대 기업을 장악하여 독단적으로 전횡하고 순박한 국민은 나라가 무슨 말을 하면 그대로 믿고…… 이 꼬라지인데 사고가 생길까요? 안 생길까요?"

"……!"

"……!"

"……!"

"……!"

"……!"

"……!"

"……!"

"경고합니다. OECD 가입은 우리 대한민국으로선 악재 중의 악재입니다. 명심하십시오. 빨리 정신 차리고 자기 자본 비율을 늘리세요. 외환 보유고를 늘리세요. 그것만이 살길입니다."

폭탄이 떨어졌다.

가요톱열에서 클롬이 조용길에 이어 4년 연속이자 정규 앨범 4장 연속으로 골든컵 수상을 노리던 김건몬의 기록을 저지하는 파란을 일으켰음에도 전혀 이슈가 되지 못할 만큼 거대한 태풍이 불어닥쳤다.

청와대가 발칵 뒤집혔다고.

정부가 내놓는 긍정적 분석에 정반대의 입장을 밝힌…… 나의 정문일침 격 핵심 찌르기에 여론은 흔들, 김영산은 서둘러 수습하려 하나 걸림돌은 나만이 아니었다. 나우현과 세계 언론이 있었다.

내가 짚어 댔던 말들을 하나하나 파헤치며 근거를 댔고 이에 대해 정부에 해명하라 기사를 실어 댔다. 집요하게 파고들어 대한민국의 허점을 까발렸다.

하지만 이번 바람은 타격은 됐을지언정 오래 지속되지 못했다.

상대가 나빴다.

아직 기세등등한 김영산에 무소불위의 권력을 누리는 정부라.

위에서부터 찍어 누르는 프레스에는 제아무리 나우현이라도 버틸 계제가 없었고 나도 그 정도면 됐다 일렀다. 더 나서면 다친다고.

내 발언을 실어 나르던 세계도 어느새 조용해졌다. 순수학문이라고 떠드는 학계도 그 나물에 그 밥이라 어떤 누군가의 후원을 안 받는 자들이 없었다.

그래서 더욱 확신하게 됐다.

'저들의 계획에 우리나라가 포함돼 있구나.'

마음이 바빠졌다.

미국에 잘 있던 정홍식을 한국으로 부를 만큼.

"이번에 크게 일을 벌이셨다고요?"

"되지도 않는 짓을 하기에 빰따귀를 때려 줬죠."

"흐음, 괜찮겠습니까? 그래도 정부인데."

"제가 유명해서 괜찮아요. 어설프게 건드렸다간 더 난리가 날 테니까요."

"그렇긴 하겠군요. 이럴 때 총괄님을 건들면 보복성이 분명할 테니까요. 지지율에도 안 좋을 테고."

"그래도 보복은 할 거예요."

"음……."

조금은 곤란한 표정을 짓는 정홍식이었다.

그 손을 잡았다.

"대표님, 이제 우리도 더는 숨어 지내기만 할 순 없어요. 덩치부터가 숨어 지낸다고 가려질 만한 성질이 아니잖아요."

"……그렇긴 합니다. 안 보는 듯 주변이 다 지켜보는 걸 저도 알고 있습니다. 근래 들어 간단히 움직이는데도 제약이 느껴지더라고요."

"지금 우리에게 필요한 게 뭔지 잘 아시겠네요."

"그야……."

말을 끈다.

맞다. 이런 건 리더가 설정해 줘야 한다.

"돈도 기반도 다 다져 놨어요. DG 인베스트든 오필승 그룹이든 이제는 가만히 놔둬도 잘 굴러갈 만큼 됐죠."

"맞습니다. 공격당하지 않는 이상 앞으로 더욱 커질 겁니다."

"반드시 공격당할 거예요. 그렇지 않은가요?"

"우리가 가만히 있는다고 해도 주변이 놔두지 않겠죠. 어쩌면 이미 준비 중인지도 모르고요."

"지금 우리에게 필요한 건 명성이에요. 우릴 건드렸다간 어떤 꼴을 당하게 되는지에 대한 악명."

"악명…… 설마 그것 때문에 나서신 겁니까?"

"겸사겸사요. 허튼짓하기에 때려 주고 싶은 것도 있었고 이참에 제 말에 권위를 담으려는 것도 있고요."

"김영산을 믿지 않으시는군요."

"하는 걸 보세요. 내 말을 한 번 더 숙고하겠다는 약속마저도 지키지 않잖아요. 그는 자기 업적을 지키기 위해서라도 이 일에 더욱 매진할 거예요. 그 길이 어떤 건지 사방에서 얘기해도 귀 닫고요."

"그럼……."

정홍식이 무언가 말하려던 때 똑똑똑 하며 정은희가 손님이 왔음을 알렸다. 함홍목이 들어왔다.

"커흠흠, 잘 있었냐?"

언제나처럼 소파에 기대는 함홍목과 미소로 차를 내주는 정은희.

인사는 내가 먼저 했다.

"오셨어요?"

"모처럼 불러 주기에 열 일 마다하고 왔다. 거 사고 한번 신명 나게 쳤더구나. 김영산 앞에서 탄핵감이라고?"

"어땠나요?"

"밥상이 뒤집혔다는 소리를 들었다. 경제 관련 인사들이 줄줄이 청와대에 호출당했어."

"당위성을 찾나 보죠?"

"그렇겠지."

"더더욱 탄핵감이네요. 겨우 꽃피우려는 나라를 진흙탕에 처박아 놓고 면피나 찾다니."

"언론은 찬양 일색이던데?"

"언제 언론이 비전을 제시한 적 있나요? 우르르 몰려다니기 바쁘지. 뒤틀리면 또 언제든 물어뜯으러 올 거예요."

"하긴…… 그래, 나는 왜 불렀느냐? 이 늙은이가 할 일이 있겠어?"

"시스템을 하나 만들어 주세요."

"시스템?"

"지금 은행들이 어떻게 작업하고 있는지 아시잖아요."

하루하루의 매출을 수기로 작성해서 도장 찍고 기안서 작성해서 결재 올리고 그렇게 모인 자료들을 창고에 차곡차곡 모아 두고…… 소위 제일 잘나간다는 은행조차 무한 노가다에서 벗어나지 못하고 있었다. 이 꼴은 신한은행이 조흥은행을 합병한 2006년까지도 이어졌으니 은행의 주먹구구 탈피는 아주 오래된 일이 아니었다.

"그걸 다 전산화시키겠다고?"

"은행 안 하실 거예요?"

"그야……."

"일본을 답습해서는 답이 없어요. 우린 하루빨리 첨단으로 나가야 해요. 하실 수 있죠? 아니, 무조건 하셔야 해요."

"근데 나 정말 은행 할 수 있는 거냐? 돌아가는 꼴을 보아

하니 도저히 할 수 있을 것 같지 않아서 그런다만…….”

“초대 은행장 시켜 줄게요.”

“엉?”

“왜요?”

“어째 뉘앙스가 내가 다 가지는 게 아닌 것 같다?”

“혼자 버틸 수 있겠어요? 그럼 하나는 떼어 줄게요.”

“그게 무슨 소리야?”

“앞으로 1년 사이 별별 꼴이 다 벌어질 텐데 혼자 버티려면 힘들 것 같아서죠.”

“뭐라고?”

“우선 제 얘기부터 들어 보세요. 세계가 지금 무슨 일이 벌이고 있냐면요.”

그들의 계획, 행동, 그로부터 벌어질 일들을 간략적으로 풀어 줬다.

“말도 안 돼…….”

“말이 안 돼요?”

“대마불사야! 어떻게 대기업이 쓰러져?!”

“그럼 빠지실래요?”

“그런 얘기가 아니잖아!”

“그런 얘기가 아니고서야 사채업자가 은행을, 그것도 제1금융권 은행을 가지는 게 말이 된다고 보세요?”

“……!”

"우리나라는 곧 망해요. 망해서 소중한 자산을 외국에 헐값으로 넘겨요. 그 막대한 손해를 최소한으로 줄이려는 건데 이해를 못 하시네. 섭섭하게."

"……."

"계속 그런 태도로 가실 거예요?"

"……."

"뭐 그렇다면 아쉽네요. 별로 마음에 안 드시는 것 같으니. 알았어요. 할아버지는 빼고 계획을 진행하죠."

"아, 아니, 누가 안 한다고 했어? 믿기지 않아서 그랬지."

급하게 손사래를 치고는 또 그게 민망했던지 차를 한 모금 마시는 함홍목을 쳐다봤다.

"지금부터라도 입장을 똑바로 하세요. 원하시는 게 은행 하나를 온전히 가지는 거예요? 물론 그것도 지분 관계가 지저분하게 얽혀 있어 50%나 챙기면 다행이겠지만. 어쨌든 선택하세요. 그저 그런 은행장으로 만족하실지 아니면 입지전적 금융업계의 대부가 되실지."

"그야…… 뭐?! 금융업계의 대부?"

"왜요? 구미가 당기세요?"

씨익 웃어 주니 금세 신색을 회복한 함홍목은 다시 진지하게 돌아왔다.

"하나만 물어보자."

"예."

"너 도대체 은행을 몇 개나 집어삼키려고 그러냐?"

"나오는 족족 다 먹으려고요."

"그렇게나 돈이 많아?"

"못할 거 같으세요?"

"……."

"……."

"……."

"……."

"……."

"……."

"……."

"……."

"커흠흠, 나 정말 초대 은행장 시켜 줄 거냐?"

"예."

"은행 시스템을 만들라고?"

함홍목이 움직이기로 결심을 굳혔다.

계산이 들어가기 전에 교통정리부터 했다.

"20% 드릴게요."

"20%…… 뭐 좋다. 네 자금력이 그 정도라면 나도 어쩔 수 없겠지. 하지만 분명히 납득시켜야 한다."

"그건 걱정 마시고요. 오필승 테크의 정복기 연구소장님을 소개해 드릴 테니 같이 은행 시스템을 만드세요."

"엉?"

"왜요?"

"오필승 테크라면 네 거잖아."

"그렇죠."

"그럼 네가 하면 되는 거 아냐?"

"은행 주춧돌을 다 제가 쌓아요? 그럼 재미없으실 텐데. 뭐라도 업적이 있어야 직원들 앞에서 할 얘기가 있잖아요."

"나더러 쌓으라는 거냐?"

"그래야 애착이 생기죠."

"허허허, 허허허허허허, 알았다. 내 만나서 다 해결해 놓겠다. 이러면 됐냐?"

"같이 다니시면서 은행 전반에 대한 걸 익혀 주세요. 앞으로 일으킬 민족은행의 초대 은행장이 되실 분이신데 그만한 역량은 있어야겠죠."

"민족……은행?"

"그렇게 이름 지어 봤어요. 어때요?"

"……좋다. 민족은행. 마음에 쏙 들어."

"먼저 종금사를 하나 세워 주세요. 민족 종합 금융. 자본 비율은 미리 말씀드린 대로 가시고요."

"이것도 내가 하라고?"

"집에 혼자 있으면 심심하지 않으세요?"

"큼, 할게. 하면 되지. 내가 다 하면 되는 거지?"

"거기까지만 완료해 주시면 다음 타는 내년에 설명해 드릴게요."

"알았다. 근데 나 정말 은행 하나 가지면 안 되는 거냐?"

"가져도 돼요. 민족 종합 금융 산하로 하나 더 넣으면 되긴 한데. 갈수록 사세가 줄어들 거예요. 나중에 꼴이 안 좋게 될 텐데 그래도 괜찮으면 드릴게요."

"왜 안 좋아? 은행인데."

"바로 옆에 돈으로 범벅인 초거대 은행이 들어서는데 누가 조그만 은행에 집착하겠어요? 이율이든 서비스든 상대가 되겠어요? 그것도 저랑 붙어서."

"그야……!"

"조그만 은행은 은행장 파워도 별로잖아요. 정부한테도 끌려다니실 텐데 계속 고집 피우실 거예요?"

"아니다. 아니다. 나 그냥 민족은행 은행장 할란다. 대신 나 죽을 때까지 시켜 줄 거지?"

"특별한 문제만 안 일으키시면 평생 시켜 드릴게요. 누가 감히 명동의 대부 함홍목을 건드려요?"

"큼큼, 그렇지. 그렇지. 알았다. 나도 더는 얘기 안 하마."

"정복기 연구소장에게 말을 해 뒀으니까 가시면 곧장 착수하실 수 있으실 거예요."

"알았다. 그리고 대운아."

"예."

"고맙다. 나 같은 늙은이도 챙겨 줘서."

"뭘요. 할아버지가 저 좋아하는 거 알아요. 저도 할아버지가 좋고요."

"그러냐?"

"너무 감격하지는 마시고요. 우리 할머니들보다 좋다는 얘기는 아니니까."

"커허음, 하여튼 짜식이. 방심을 못 하게 해요."

"서둘러 움직이세요. 당분간은 저와 담을 쌓으시고요. 김영산의 눈초리가 곱지 못해요."

"알았다. 벌집을 쑤셔 놨으니 몸 사려야지. 난 이만 간다. 너도 조심하고."

"예."

함홍목이 가자 여태 잠자코 있던 정홍식이 나섰다.

"은행을 목적으로 두셨군요."

"예."

"좋은 선택 같습니다. 결국 한 나라의 부는 은행의 관리에 달려 있겠죠."

"맞아요. 멍청한 놈들에게 맡겨 두기에는 빠져나갈 국부가 너무 아깝죠. 더는 저도 두고 보지 못하겠어요."

"적개심이 너무 강하십니다."

"그런가요?"

IMF를 겪으며 우리나라 은행 대다수가 외국 자본에 넘어갔다는 걸 알게 되면서 내가 느낀 좌절감은 상상 이상으로 컸다.

심한 은행은 90%가 외국계 자본이라 간판만 한국의 은행이었다. 연말 정산 때마다 얼마나 많은 국부가 외국으로 빨려나갈까?

그것의 반복이 싫었다. 그것만 막아도 대한민국 국민은 조금 더 양질의 금융 서비스를 받을 수 있고 또 그만큼 부를 늘려 가기에 용이해질 것이다. 내가 원하는 건 단지 그것뿐.

"대표님이 해 주실 일이 있어요."

"무엇입니까?"

"대출을 받아 주세요."

"우리 DG 인베스트에 대출이라……. 역시 상상 이상의 큰 돈이 움직이는 거군요."

"DG 인베스트의 자산을 담보로 7년 이상 장기 대출로 최대 얼마까지 대출이 가능한지 타진해 주세요."

"정말 싸우실 작정이십니까?"

"DG 인베스트에도 기회예요."

"으음……."

"어려운가요?"

"아닙니다. DG 인베스트의 재정은 대출 정도는 간단히 해결할 수 있을 만큼 탄탄합니다. 좋습니다. 이왕 덤비는 것, 씨티은행의 이사회를 소집하게 만들어서라도 최대한 끌어내 보겠습니다."

"감사해요."

"그 전에, 하나만 물어봐도 되겠습니까?"

"예."

"내년에 그런 일이 벌어진다고 치면…… 아니군요. 벌어지니 이 시점에 대출을 받아야겠군요. 그때는 돈줄이 막힐 테니."

정확하다.

"맞아요."

"그럼 어째서 클린턴과는 대화하지 않으십니까? 그 정도의 큰일이라면 백악관의 묵인 없이는 안 될 텐데. 한국은 제외시켜 달라고 해도 되지 않습니까?"

면도날 같은 질문이었다.

결국 이도 정치였으니.

"그 생각을 안 해 본 건 아니에요."

"그렇군요. 안 되는 거였군요."

너무 바로 납득해 버려서 이번엔 내가 민망해졌다.

정홍식의 나에 대한 믿음이 이 정도였던가.

그러나 부연 설명은 반드시 필요하다.

"제가 무슨 짓을 하든 클린턴은 재선에 성공하고 말 거예요. 금융 세력들과 그에 결탁한 이들이 총집결해 그를 밀 테니까요."

"음……."

"즉 제가 나서는 순간 휘트니와는 비교도 할 수 없는 역풍

이 불어올 거라는 얘기죠. DG 인베스트가 미국에 발붙일 수 없을 만큼 격렬하게요."

"……!"

"아무리 머리를 굴려 봐도 얻는 것 이상으로 출혈이 크더라고요. 제가 구국의 영웅도 아니고 그런 희생엔 소질이 없어요. 우리 DG 인베스트가 금융 전체와 싸워도 될 만큼 거대한 것도 아니고 그래서 방향을 튼 거죠."

"그 정도로 상황이 암울합니까?"

"공화당을 너무 부숴 놨어요. 클린턴의 적수가 없는 것도 한몫했죠. 어쨌든 클린턴은 재선에 성공할 것이고 자신을 대통령으로 만든 이들의 요구를 외면할 수 없을 거예요. 마침 그가 주창하는 세계 전략이 신자유주의인 것도 그렇고요. 다 못 본 척할 겁니다."

"그렇다면 대출 건은 은밀할수록 좋겠군요."

정답.

"맞아요. 최대한 은밀하게. 만족할 만한 금액이 나오면 바로 계약해 주세요. 돈은 빨리 받을수록 좋아요. 놈들이 딴짓 못 하게 말이죠."

"으음, 마음이 무겁습니다. 세상이 이렇게 돌아가고 있는데 우리나라는 아무것도 모르고 홍청망청이군요."

"대신 교훈을 얻겠죠."

"너무도 비싼 수업료입니다."

"그래서 이번 대출이 중요해요."

"총괄님의 기세는 대출을 못 받는다면 우리 DG 인베스트의 자산을 탈탈 털어서라도 움직일 것 같으시네요. 그걸 막기 위해서라도 대출은 반드시 받아야겠습니다."

"부탁해요."

"이런 건 명령하시는 겁니다. 구국의 영웅을 위해 한 팔 거드는 데 어찌 거절이 있겠습니까? 바로 움직이겠습니다."

신뢰감이 넘치는 미소로 나를 안심시킨 정홍식은 단 하루만 집에서 머물고 미국으로 날아갔다.

이 시점 내가 바라는 건 하나뿐이다.

만족할 만한 대출.

그들의 돈으로 그들의 계획을 막는다. 그들의 돈으로 은행도 먹고 명성도 얻고 앞으로 나아간다.

그런데 기다리던 정홍식이 아닌 다른 사람이 내 옆구리를 찔렀다.

정화수라도 떠 놓고 달밤에 기도 좀 하려는데 느닷없이 우리 집으로 찾아와 훼방을 놓는다.

시커먼 양복을 입은 자들이 우르르.

설마 청와대인가 했는데 풍기는 향기가 남달랐다.

중국향.

"제 소개부터 드리겠습니다. 저는 리룽 총리님의 특사 임무를 맡은 선샤오광입니다."

"리룽 총리님의 특사라고요?"

"예, 이것부터 먼저."

종이봉투를 꺼내 넘긴다.

"친서입니다."

"아, 예."

읽어 봤다.

내용이…….

## Chapter 103

# Chapter 103

“진정 이렇게 써 줬단 말인가.”

“제가 보는 앞에서 적어 바로 봉투에 넣었습니다.”

“흐음…… 잠시라도 자리를 비우진 않았고?”

“친서를 읽자마자 그 자리에서 바로 적었습니다. 제 품에 넣고 곧장 들고 온 겁니다.”

“그렇단 말이지…….”

“예.”

“알았다. 수고했다. 내 이번 일은 잊지 않겠다.”

“감사합니다. 충성을 다하겠습니다.”

물러나는 선샤오광을 물끄러미 바라보던 리룽은 다시 한

번 편지의 내용을 살피곤 라이터 불로 태워 버렸다.

비서를 불러들였고 외투를 걸쳤다.

그가 향한 곳은 중난하이에 위치한 당 청사.

총 세 번의 검문소를 거치면서도 프리패스로 나아간 차량은 어느 건물 앞에 멈췄고 리룽은 천천히 내렸다.

"자네는 당에 가 있게."

"알겠습니다."

수행한 비서를 떼어 낸 그는 홀로 건물 가장 깊숙한 곳으로 갔고 그곳 큰 문 앞에 서자 대기하던 이가 안쪽에 그의 도착을 알렸다.

문이 열렸다.

"어서 오시오. 총리."

"이제야 도착했습니다. 주석님."

"하하하하, 내 총리의 공사다망은 잘 알고 있지 않소. 그래, 답은 가지고 오셨소?"

"여기 친서가 있습니다."

옆구리에서 황룡이 새겨진 대봉투를 건네준 리룽은 장쩌민이 내용을 확인할 때까지 가만히 차를 음미했다.

그리고 장쩌민의 미간이 찌푸려지는 걸 발견했다.

"이것이 정녕 그분의 뜻이란 말이오?"

"저는 내용을 모릅니다."

"아…… 읽어 보시겠소?"

"예."

건네주는 친서를 읽어 본 리룽은 장쩌민과 같이 안색을 굳혔다.

"결국 이렇게 결정하셨군요."

"아니, 어떻게 이럴 수가 있소! 우리 대 중국이 한낱 소국에 머리를 숙이라니."

"으음……."

"무슨 말이라도 해 보시오. 총리는 누구보다 그분을 오래 모셨잖소."

"그렇지만……."

"어허, 좀 도와주시오. 이 사실이 알려지기라도 한다면 내 체면이 어떻게 되겠소."

전부 맞는 말이라 리룽도 못 이기는 척 입을 열었다.

"그렇게 말씀하시니 조심스럽긴 하나 저도 그분의 의도를 예측해 보겠습니다."

"그러시오."

"저도 왜 이런 선택을 하셨는지 모르겠지만 일단 짐작을 해 보면 아무래도 때가 좋지 않은 것 같습니다."

"때라?"

"무선 통신 사업은 분명 더는 미뤄선 안 될 중대한 사업입니다. 전 세계가 너도나도 할 것 없이 총력을 다해 매달리는 사업으로 저 조그만 한국조차 1년도 안 돼 상용화하고 있는 상태에서 우리가 더 늦는다면 체면은 물론 기술력에서조차 뒤지게 될 겁니다."

"그렇다고 이렇게나 숙이고 들어가란 말이오? 그까짓 무선 통신 기술 그냥 가져오면 될 거 아니오."

"전이라면 모를까 지금은 그게 어렵습니다. 사실상 가져와 쓴들 한국 주제에 무슨 일을 벌이겠습니까마는 세계가 지켜보고 있습니다. 이럴 때 자칫 불미스러운 일이 벌어진다면 외자 유치에 크나큰 타격을 줄 겁니다. 우리의 대외 신인도도 추락할 것이고요."

한창 경제 발전 드라이브를 걸 때였다.

세계 속 중국으로 거대한 일보를 내디디려 할 때.

어느 때보다 조심스러운 접근이 밑받침되어야 할 때이기에 사고가 터진다면 그만큼 타격이 클 수밖에 없었다. 계획 전반이 수포로 돌아갈 확률도 높았고.

그걸 알면서도 장쩌민은 이 조건을 도저히 수락할 수 없었다.

"그런 놈들 없어도 우리는 잘 돌아갑니다."

"물론 잘 돌아갈 겁니다. 세계의 중소기업이 우리의 문을 두드리고 있으니까요. 허나 글로벌급 기업들이 문제겠죠. 하나같이 투자 계획을 줄이거나 철회하는 중입니다. 담보를 요구하고요."

"크음……."

머리가 복작복작.

더 건들면 다른 곳으로 튈 것 같은 느낌이라 리룽도 한발 물러서 그의 편을 들었다.

"하지만 저로서도 이번 결정은 다소 의문이 큽니다. 어째서 전부 들어주라 하셨을까요? 제아무리 중요한 사업이라도 우리 자존심보다는 중요하지 않을 텐데."

"아마도 그 '때' 때문이 아니겠소. 실은 나도 알고는 있소. 무선 통신에서의 지금 1년은 나중의 10년을 기약할지도 모른다는 걸. 하지만 무선 통신 기술이 그놈들에게만 있는 건 아니잖소."

"그렇긴 합니다."

심각한 표정으로 고개를 끄덕이는 리룽을 보던 장쩌민은 은근슬쩍 대안을 내놨다.

"미국에 퀄컴이라는 회사가 있다던데…… 거기와 연결해 보는 건 어떻겠소?"

"CDMA 방식을 말씀하시는 겁니까?"

리룽이 바로 받자 장쩌민은 고개를 크게 끄덕였다.

"맞소. 그것도 보안에 특화된 무선 통신 체계라 하지 않았소. 쓸 만하다고 들었는데."

"맞습니다. 한 번의 시연도 거쳤다고 보고받았습니다."

"거긴 어떻소?"

"으흠……."

"왜 그러시오?"

"거기도 문제가 심각합니다."

"문제가 있어요?"

"파견 직원 외 상주 인원이 5명뿐이었습니다."

"뭐요?!"

"기술이 있다는데 원천도 모르겠고요. 기술력 또한 오필승의 SDMA와는 비교도 할 수 없습니다. 상용화 노하우도 물론이고요. 시연 성공이라는 것도 알아보니 시골에서 잠깐 주체한 거로 크게 홍보한 것이었습니다."

"허어……. 사기란 말이오?"

"……사기는 아니겠죠. 미국의 군사 기술일 테니."

"그 CDMA가 미국의 군사 기술이란 말이오?"

"보고서엔 이런 추측도 있었습니다. CDMA를 잘못 가져다 썼다가 우리의 기밀이 미국에 들어가 버리면……."

말을 줄이는 리룽이라.

"알겠소. 알겠소. 그 CDMA 건은 없는 거로 하겠소."

"……."

"그럼 유럽의 핀란드에 의뢰를 넣으면 어떻소? 거기가 복기-1과 비등하다던데."

"정말 모르십니까?"

"뭐가 말이오?"

"특허 출원은 오필승보다 빨랐으나 기술력이 두 단계나 아래입니다. 사용자 1백만에 삐걱거려 핀란드조차 복기-1을 받아들이는 중이랍니다. 그런데 우린 10억입니다. 감청은 또 무슨 수로 막고요?”

“……”

“……”

“……”

“……”

“……”

“……”

“……”

“……”

“……”

“……”

“……”

“……”

장쩌민은 요즘처럼 분통이 터지는 날이 없었다.

살며 처음 느끼는 무력감.

미국도 유럽도 아니고 한국의 조그만 회사한테 발목을 잡히다니.

코뚜레 걸린 소도 이 정도는 아닐진대.

진정 그리 갈 수밖에 없는 운명인가?

더구나 그분마저 그들의 손을 들어 주었다.

화가 치솟았다.

‘우리 중국이 가진 미국 채권 전부를 담보로 걸라니 이게

말이나 되는 조건인가. 이걸 들어주라니 늙은이가 노망 걸린 것도 아니고.'

이런 식이면 세계를 향한 중국의 궐기는 막대한 지장을 초래할 것이다.

안팎으로 은밀하게 모으는 미국 채권은 훗날 미국의 목줄을 쥘 최후의 수단.

중국의 행보에 감히 딴지를 걸지 못하도록 할 멍에일진대 그걸 담보로 내주라니.

거절해야 함이 마땅함에도.

아직 이 땅에서는 그 늙은이의 뜻을 거역하고 살아남을 수가 없다. 제아무리 주석직에 올랐어도.

'하아…….'

차라리 친서를 보지 않았더라면 어땠을까.

진퇴양난.

이런 장쩌민의 심리를 짐작한 듯 리룽이 나섰다.

"제게 전권을 주시는 건 어떻겠습니까?"

"전권이오?"

"한 번 만나 본 바 말이 통하지 않을 상대는 아닌 것 같았습니다. 최대한 조건을 줄여 보겠습니다."

"……그리하실 수 있겠소?"

"자신은 없지만, 발버둥 쳐야 하지 않겠습니까? 더 늦으면 이것도 저것도 다 안 됩니다. 우린 지금 목까지 찼습니다."

"으음……."

고민하는 장쩌민.

리룽은 속으로 웃었다.

덩샤오핑의 이상은 몇 달 전부터 감지했다. 혹시나 하여 비밀로 감춰 왔건만 페이트는 어떻게 알았는지 단박에 내년이면 죽을 거라 했다.

어금니를 살짝 깨물었다.

'개처럼 일한 나를 버리고 이딴 놈을 선택했으니 그 말로는 심히 어긋날 것이다. 노괴.'

지금 한창 고민하고 있다지만 리룽은 장쩌민이 자신의 손을 잡을 걸 알고 있었다.

변방 상해 쭉정이가 중앙 무대에 오른 지 얼마나 됐던가.

겨우 3년 차.

이런 난관을 헤쳐 나가기에는 여러모로 역량이 부족했다.

그러고 보니 시기도 참으로 오묘했다.

노괴가 죽고 2년만 더 지난다면 이빨도 박히지 않았을 일일 텐데.

"좋소. 내 전권을 주리다. 최대한 자존심을 살려 보시오."

"이 리룽이 목숨을 다해 중화 인민 공화국과 인민에 충성을 다할 것입니다."

"하오. 하오. 내 총리를 믿겠소."

그날 바로 비행기가 슝.

미리 연락받은 나는 호텔 가온에 요청해 우리 집으로 한정식 한 상을 차렸다.

선샤오광과 비서 등 수십 명이 우르르, 우리 아파트가 술렁.

홀로 들어온 리룽은 '하오츠'를 남발하며 자리를 즐겼고 대충 접대를 끝낸 나는 그를 내 방으로 데려갔다.

딸깍.

방 한켠에 놓인 기계 스위치를 올렸다.

"그건 무엇이오?"

"우리 한국 속담에 낮말은 새가 듣고 밤말은 쥐가 듣는다 했죠."

"……!"

"별것 아니지만 요새 제 사생활에 관심을 가지는 이들이 많아서요. 중요한 일을 할 때는 이렇게 조심합니다."

"이것만 있으면 우리의 대화가 밖으로 새어 나가지 않는다는 거요?"

"맞아요. 혹시 모를 도청부터 외부 탐지까지 다 막아 주죠."

"허어……."

탐내는 눈빛이다.

"하나 드릴까요?"

"정말이오?"

"그건 오늘 총리님이 가져오신 보따리에 달렸지요."

"으음……."

"결정하셨습니까?"

"……그렇소."

"부디 좋은 쪽이면 좋겠네요."

"한 가지."

"예."

"미국 채권 비율을 조정했으면 좋겠소."

"전부가 아니라?"

"50%로 해 주시오. 물론 이것도 대외비가 되어야 할 것이오."

침을 꼴깍.

긴장되는 모양이다.

그래서 더 별거 아니라는 투로 나갔다.

"어려운 문제는 아니죠. 하지만 50%면 엄청난 금액 차인데 무엇으로 대체하실 건가요?"

"대체해야 하오?"

"애초 조건과 달라졌으면 그에 상응하는…… 으음, 지금은 그것이 문제가 아니로군요. 총리님이 어느 길을 선택하셨냐에 따라 달라지겠어요. 우선 그것부터 말씀해 주시죠."

"으음……."

그가 선샤오광을 통해 보내온 친서엔 이런 말이 적혀 있었다.

잘 지냈냐? 나는 잘 지낸다.

네 뜻은 알지만 일을 풀기는 쉽지 않다. 네가 원하는 일을 하기 위해서는 넘어야 할 산, 껄끄러운 일이 아주 많다. 그래서 궁금하다. 너는 나를 어떻게 생각하느냐?

즉 반대급부로 무엇을 챙겨 줄 수 있느냐에 대한 것.

나는 그에 대한 답변으로 두 가지를 적어 보냈다.

"50억 달러 일시 지급 또는 우리 가문의 미래."

"……."

"두 가지 제안이라지만 사실 둘 다 우리 가문의 미래에 도움이 된다는 걸 나는 알고 있소."

"……."

"조금만 더 깊게 생각해 보면 50억 달러를 고를 이유도 없어질 테고. 그렇지 않겠소?"

"가문의 미래를 선택하셨군요. 현명하십니다."

"그렇소?"

"좋습니다. 이 일이 확정되고 무난하게 흘러가는 순간 총리님 가문은 대대손손 영화를 누리게 될 겁니다. 그 결과물도 눈으로 직접 확인하실 수 있으실 테고요."

"정말이오?"

"제 보증이면 되지 않겠습니까?"

미소 지었다.

그제야 리룽도 경계를 지우고 만족한 미소를 보내왔다.

나도 일을 진행시켰다.

"이제 파트너가 됐으니 조건을 수정해야겠네요."

"해 주시겠소?"

"50% 조건을 수용하겠습니다. 중국 정부, 중국 기업, 중국인이 가진 미국이 집계한 중국과 관련된 모든 채권의 50%를 담보로 한다. 맞으십니까?"

"맞소."

"앞으로 중국 정부는 DG 인베스트가 참여한 사업에 관해서는 의도적인 불합리나 불미스러운 소요를 일으키지 않겠다. 혹시나 일이 있다면 반드시 의견 조율을 하겠다. 맞으십니까?"

"그것도 맞소."

"이 모든 일이 지켜지지 않았을 때 미국 채권의 50%를 DG 인베스트가 가져간다. 맞으십니까?"

"그렇소."

대답하는 리룽을 보면서도 기가 막혔다.

공산당다운 건가?

어떻게 남의 재산을 담보 잡으면서도 1도 고민이 없을까?

정말 아름다운 이데올로기였다.

합만 맞으면 중국은 이렇게도 사업하기 좋은 나라였다.

물론 언제 돌변할지 몰라 문제겠지만.

"대신 중국 이동 통신 사업에 우리도 진출하겠습니다."

"로열티만 받는 게 아니라?"

"중국으로서도 우리가 직접 나서는 게 모양이 좋을 겁니다. 세계가 지켜보고 있고 또 우리로서도 50% 값을 어떻게든 보전해야겠죠."

1997년 9월 중국 이동 통신 차이나 모바일이 창립한다. 2010년 기준 5억 7천만의 가입자로 세계 최대의 휴대 전화 회사가 슝.

차이나 모바일의 40% 지분 정도면 미국 채권 50%의 대체재로 어느 정도 역할을 하지 않을까?

"총리님의 선택으로 공중에 붕 뜬 50억 달러를 여기에 투자하겠습니다."

"그 돈을 우리 중국에 투자하겠다는 말이오?"

"그래야 여기까지 오신 총리님의 체면도 살지 않겠습니까? 저랑 만났는데 투자 건 정도는 가지고 돌아가셔야지요."

"허어……."

좋아한다.

"모든 게 완료되면 미국으로 가십시오. 클린턴과 만나는 자리에 DG 인베스트를 부르면 될 겁니다."

"정말 그것이면 되겠소?"

"총리님께도 마지막 기회가 될 겁니다. 그나마 노괴가 살아 있을 때, 총리직에 계실 때, 기반을 닦아 놓으셔야죠."

"무선 통신 사업에 끼워 주겠다는 거요?"

"그랬다간 단박에 비리니 뭐니 하며 표적이 될 텐데 괜찮겠습니까? 그건 제가 그리는 총리님 가문의 미래와는 아주 먼 결정입니다."

"그럼 무엇으로 나의 가문을 지켜 주겠다는 거요?"

"조급하십니까?"

"……."

눈앞에서 50억 달러를 포기했는데 어찌 마음이 술렁이지 않을 수 있을까.

미래는 결국 미래.

손안에 잡혀야 현실이고 곧 끈 떨어질 신세가 될 입장에서 마냥 기다리는 건 신뢰가 부족할 때는 이루기 힘든 요구였다.

나도 계획을 수정해 줬다.

"좋습니다. 불안하시다니 계획을 틀어 보죠. 전 총리님께 앞으로 딱 세 번의 기회를 드릴 겁니다. 선택은 총리님이 하시면 됩니다. 자, 20억 달러에 한 번의 기회를 사용하시겠습니까? 세 번의 기회라면 60억 달러겠네요. 그새 10억 달러가 올랐습니다."

"……."

"……."

"……."

"……."

"……."

"……."

"……당신은 참으로 무서운 사람이로군."

이 말을 끝으로 그는 더 이상 나를 재촉하지 않고 돌아섰다.

곧바로 중국행 비행기에 슝. 현명한 선택이었다.

어쩌면 본능적으로 기회를 캐치한 건지도 모르겠다.

"늙은 생강이 제법 맵네."

60억 달러에 퉁칠 수도 있었는데. 아깝다.

뭐 그래도 상관없었다.

어차피 그는 내 손에 걸린 물고기니까.

리룽은 1928년 쓰촨성 청두에서 중국 공산당 초기 지도자 리옌쉰의 아들로 태어났다.

꽃길만 펼쳐질 것 같았던 어린 리룽의 앞날은 장제스의 4.12 상하이 쿠데타 과정에서 아버지인 리옌쉰이 사망하며 완전히 꺾이게 되는데.

공산당이 서둘러 희생당한 당원의 유족을 찾아내 옌안으로 도피시키지 않았다면 격동의 시대 여타 거리의 아이들처럼 채 시러 펴지 못하고 구겨졌을지도 몰랐으나 운명은 마침 자식이 없던 저우언라이 앞으로 그를 데려갔다. 그의 양자가 됐고 태자당의 일원이 됐다.

어린 시절 리룽은 아주 총명했다. 17세의 나이로 공산당에 가입해 차세대 엘리트로서 키워졌고 국공 내전이 끝나지 않은 때에도 모스크바 전력 공학원으로 유학, 박사 학위까지 받는다.

1949년에 들어 공산당이 국민당을 패퇴시키고 대륙을 장악하자 리룽은 소련에서 돌아와 신중국 기술 관료로서 만주와 베이징 발전소 건설 부문에서 활약, 출세 가도를 달린다.

외국에서 공부한 지식인이라는 타이틀로 인해 문화 대혁

명 시기 홍위병의 박해를 받을 뻔했으나 무시무시한 거물 양아버지 저우언라이의 후광으로 위기를 모면하고.

이후 전력 계통에서 활약한 능력을 인정받아 중앙 정무직으로 발탁, 1982년에는 당 중앙 위원 전력부장에 임명되고 더불어 자오쯔양 총리 아래에서 부총리직까지 수행하게 된다.

1985년에는 정치국원이, 1987년에는 중앙 정치국 상무위원과 총리를 맡아 최고 지도자 자리에 오르는 리룽.

하지만 그에게도 결정의 시기는 다가왔다.

개혁 초기 민주주의를 요구하는 학생들의 봉기인 천안문 6.4 항쟁을 공산당은 국가 전복 시도로 규정했고 진압 작전을 계획하게 되는데 그 지휘봉이 리룽에게로 온 것.

악역을 뒤집어쓰게 된 건 그 때문이었다. 일부 민주화 운동가들에게 지금까지 '학살자'란 비난을 받는 것도 그 이유였고.

당시 리룽도 천안문 사태가 불러올 후폭풍을 모르지는 않았다. 이는 덩샤오핑과 원로원의 설계로 리룽으로선 어쩔 수 없는 선택이었고 만약 거절이라도 했다면 그의 정치생명은 그 순간 박살 났을 것이다.

그렇게 온갖 오물을 온몸으로 덮어썼건만 덩샤오핑은 리룽 대신 상하이 서기였던 장쩌민을 중앙 정계로 불러들여 후계자로 삼았다. 국가 주석 및 당 총서기까지 임명한다.

좌절한 리룽.

"흐음……."

여기에서 내가 짚어 봐야 할 건 단지 이것이 리룽만의 문제가 아니라는 점이었다.

1대 주석 마오쩌둥부터 3대 주대까지 장장 27년간 중국 공산당 총리를 역임해 온 남자가 그의 양아버지 저우언라이인 걸 안다면 더더욱.

정책 실패로 하방(下放)당해 귀양 간 덩샤오핑을 끝까지 보호해 주고 명목상이나마 가지고 있던 정통성도 물려준 사람이 바로 저우언라이였다.

마오쩌둥 아래 장칭, 왕훙원, 장춘차오, 야오원위안 사인방이 그토록 덩샤오핑을 죽이려 했건만 그때도 살길을 마련해 주고 또 정계로 복귀시켜 주고 국제 사회에 덩샤오핑의 이름이 각인될 수 있도록 도와준 친구의 아들을 또 그 아들조차 또한 피 묻히기를 주저하지 않고 도왔음에도 그는 리룽이 아닌 장쩌민을 선택했다.

중국엔 아직 이치상으로도 리룽이 덩샤오핑의 유산을 이어받는 게 마땅함을 주장하는 사람들이 있었다.

하지만 덩샤오핑은 리룽을 외면했다.

원역사였다면 별일 없이 지나갔을 얘기긴 했다. 상황 파악이 빠른 리룽은 대세에 순응해 조용히 살아갔고 2019년까지 천수를 누리다 죽는다.

그러나 나란 존재로 인해 뒤틀린 역사는 리룽의 가슴을 불타게 하였다.

회생의 그림자를 나에게서 본 모양.

첫 만남 이후 친서도 보내고 두 번째 만남의 태도에서 나도 그걸 강렬하게 느꼈다.

즉 이 일은 내가 그를 선택한 것이 아니라 그가 나에게 날아와 앉은 것이다.

사뿐히.

자연스럽게.

기특하게도.

그런 그가 중국으로 돌아간 지 사흘 만에 미국행 비행기에 올랐다는 소식이 들렸다.

클린턴과 만났고 우려 섞인 시선 속에서 공식 석상으로 오른 리룽은 중국이 현재 불공정한 법안을 수정 중이며 곧 국제사회의 기준에 걸맞은 법제가 완료될 거라는 발표를 하였다. 그리고 이튿날 정홍식은 50억 달러에 달하는 대중국 투자 계획을 언론에 브리핑하였다.

[잘 끝났습니다.]

"고생하셨어요."

[곧 기술단과 자문단을 파견하여 회사 설립 부지와 합력할 회사를 선별하는 작업을 거칠 겁니다.]

"문제 될 만한 건 없었나요?"

[편하기로는 따지자면 전 세계에서도 톱을 뽑을 지경입니다. 모든 걸 원하는 대로 맞춰 준다고만 하니 오히려 제가 부

담스러울 정도였죠.]

"실무는 또 들어가 봐야 알겠지만, 그 정도 분위기면 우리도 인사는 확실히 해야겠네요."

[그렇습니다. 이참에 선물로 괜찮은 것이 없나 살펴볼까요?]

"취향을 고려치 않은 어설픈 선물은 도리어 역효과예요. 그건 천천히 말씀드릴게요. 아무래도 제가 중국에 한 번 다녀가야 할 것 같으니."

[그래야겠죠. 힘을 빡 준 것이 중국도 대대적으로 움직일 모양이더라고요. 총괄님께도 당연히 초청장이 가겠죠. 아 참, 그나저나 엄청 화려하던데요.]

"뭐가요?"

[계약서에 들어간 사람들의 명명이요.]

"아……."

[장쩌민에 리룽은 물론 덩샤오핑까지 있었습니다.]

"덩샤오핑까지요?"

이건 좀 의외였다. 덩샤오핑의 도장까지 넣다니.

순간 면피용인가란 생각이 들었으나 금방 지웠다.

[살다 보니 제가 이런 계약을 다 해 봅니다. 중국 정부와 미국 정부의 공증이 들어간 계약을 이 세상 누가 해 봤을까요? 우리가 정말 크긴 컸나 봅니다.]

"점점 더 커질 거예요. 하지만 지금은 조심해야 할 때죠."

[맞습니다. 아! 대출 건도 승인이 떨어졌습니다.]

"그거 잘됐네요."

[얼마나 나왔는지 안 물어보십니까?]

"지금 물어보려 했어요."

[550억 달러입니다.]

"550억 달러……."

듣는 순간 액수의 크기보다 공교로운 느낌이 더 크게 다가왔다.

우리 한국이 IMF 때 계약한 금액이 550억 달러였다. 캉드쉬의 굴욕적인 조건을 승인하며 도장을 찍을 때 말이다.

게다가.

'겨우 이 정도밖에 안 해 준다고?'

AT&T 지분 10%, 마이크로소프트사 지분 15%, 스타번스 지분 30%, 기타 특허에 500억 달러에 달하는 현금성 자산에 대한 평가치고는 너무 박했다.

"더는 안 되나요?"

[너무 큰 금액이라 우선 가용 가능한 현금성 자산을 기준으로 산정했다는데 안 그래도 그 얘기로 안타까워했습니다. 이렇게 중국 쪽과 대규모 투자 계획이 있는 줄 알았다면 120%까지 쓸 수도 있었을 거라 말하더군요.]

120%면 660억 달러.

그 돈마저 아깝다.

아닌가? 지출을 생각하면 대출 이율이 연 1.5%니까 1년에 얼마씩 이자를 내야 하지?

"정말 그렇게 얘기하던가요?"

[시선이 완전히 돌아간 것 같습니다. 안 그래도 처음 달려들 때와는 달리 차일피일 미루는 폼이라 영국이나 홍콩 쪽 HSBC 자금과 논의해 보려던 참이었는데 이번 일로 씨티은행이 완전히 믿은 것 같습니다.]

말은 쉽게 하지만, 절대 만만한 일이 아니었다.

자그마치 550억 달러에 대한 대출 건.

제아무리 거대한 미국 금융 시장이라도 출렁이지 않을 수 없는 규모라.

밤이슬 맞으며 스며드는 암살자처럼 은밀하게 추진해도 단위가 단위인 만큼 미국 재무부의 시선을 피할 수가 없었다. 또 아시아를 노리는 하이에나들의 의심을 사기에도 충분한 금액이었고.

잘못했으면 대출 불가가 떨어졌을지도 모르겠다.

리룽이 적절한 때 나서 주는 바람에 물타기가 된 것이다.

물론 여전히 의심스러운 눈길을 거두지는 않을 테지만 이것만도 상당량 압력이 해소된 기분이 들었다.

"하긴 미국 채권의 50%란 담보가 쉬운 일은 아니었으니까요."

[조용하다지만 알게 모르게 다 알고 있더군요. 우리 DG 인베스트의 역량을 다시 평가하겠다는 얘기도 종종 들리고요. 아마도 이 일로 중국은 꽤 많은 부분에서 양보를 거듭해야 할

것 같습니다.]

"해야 할 거예요. 글로벌 기업들이 바보는 아니니까요. 또 한 번이 어렵지 두 번, 세 번은 쉽잖아요."

[그렇군요.]

"고생하셨어요."

[너무 걱정 마십시오. 인터뷰 말미에는 제가 중국 전역을 돌며 투자할 곳을 물색할 거란 뉘앙스를 던졌습니다. 실제로 중국으로 넘어갈 거고요.]

"죄송한 마음이네요."

[아닙니다. 저는 훨씬 가벼워졌습니다. 중국이잖습니까. 미국에서 한국 가는 것에 비하면 거의 천국이죠. 하하하하하하.]

"그런가요?"

[그럼요. 이참에 중국이나 휘저어 보겠습니다. 리룽 총리도 저의 중국 방문을 아주 반기는 것 같던데 힘을 합치면 뭐든 되지 않겠습니까?]

"리룽은 2002년까지는 살아 있는 권력일 테니 괜찮을 거예요."

[총리 임기가 98년까지 아닙니까?]

"상무위원이 있잖아요. 50억 달러 투자를 성사시켰으니 내년 상무위원 선출 때도 연임될 거예요."

[아……]

"저는 차이나 모바일 창립식 때나 넘어갈 거예요. 그 전에 상무위원 중 후진타오라는 사람과 친해 두는 것도 좋겠죠."

[후진타오라. 알겠습니다. 리룽 총리랑 돌아다니다 보면 저절로 만나게 되겠죠.]

"좋아요. 자기들이 알아서 접근해 오는 것이 제일 자연스럽겠죠."

[알겠습니다.]

"그리고 혹시 모르니까 대출을 더 당겨 보세요."

[더요?]

"이젠 돈이 문제가 아니라 자존심이 좀 상하네요. 우리 DG 인베스트에 대한 올바른 평가를 부탁하고 싶어요."

야후나 엔비디아, 구글까지 꺼내고 싶진 않았다.

AT&T 지분 10%, 마이크로소프트사 지분 15%, 스타번스 지분 30%, 기타 특허에 대한 건은 돈이 있다고 살 수 있는 종류가 아니니까.

[자존심 문제로 끌고 가라는 거죠?]

"우리의 재정 상태는 씨티은행이 누구보다도 더 잘 알잖아요. 그런 금액으로 우리를 낮춰 보면 섭섭하죠. 가만히 앉아만 있어도 매년 들어오는 수익이 얼마인데 550억 달러로 퉁칠까요? 우리가 이자도 못 낼 것 같나요?"

[그건…… 맞습니다. 저는 대출 받는 것만 생각했지 그게 자존심 문제일 거라고는 접근해 보지 않았습니다. 총괄님 말씀이 맞습니다. 이거 슬슬 화가 나려 하네요.]

"씨티은행이 안 된다면 다른 쪽도 활발히 알아보고요."

[알겠습니다. 다시 가서 본때를 보여 주겠습니다.]

씩씩거리며 나간 정홍식은 기어코 150억 달러를 더 받아 내고야 말았다.

700억 달러.

씨티은행도 더는 때려죽여도 할 수 없다고 사정사정을 하여 멈췄다는 후문이나 내 알 바 아니고 어쨌든 이번 일로 DG 인베스트는 세계 금융계에 입지를 제대로 세우게 되었다.

중국 시장 개척이라는 이슈도 있었지만, 씨티은행에서 7년 이상 장기로 700억 달러나 빌릴 수 있는 투자사가 얼마나 될까?

파란이나 마찬가지였으니 더는 우리 능력을 두고 이러쿵 저러쿵 딴지를 놓는 자들이 사라졌다는 점이 제일 먼저 마음에 들었다. 100년을 우습게 넘기는 세계 유수의 금융사들 속에서 겨우 10년 남짓한 세월이 결코 약점이 될 수 없다는 것을 각인시켰으니 더더욱.

어쩌면 이것이 바로 이번 이벤트로 얻은 큰 자산일지도 모르겠다.

물론 1년 이자가 대충 10억 달러를 넘기게 됐으나…… 뭐 어쩌랴. 내면 되지.

청와대 심기가 좋지 않다는 소식이 연일 들렸다.

OECD 가입에 찬물을 끼얹은 것도 그렇고 대중국 투자 건에도 우리는 정부를 연신 따돌렸다.

미국을 통해 이 사실을 알게 된…… 여러모로 체면이 상한 청와대에서는 이걸 기회로 오필승 그룹을 한번 털어 보자는 얘기가 심심찮게 흘러나온다고도 하였다.

재밌는 건 상황이 이렇게 흘러감에도 언론의 누구도 정부가 내민 손을 쉽게 잡는 이가 없다는 것이다.

보통 이런 일은 언론이 밑밥을 깔며 시작하는 게 수순이라 언론의 외면을 처음 겪은 청와대는 이러지도 못하고 저러지도 못하는 입장이란 우습지도 않은 얘기를 나는 또 언론 쪽에서 전해 들으며 청와대 쪽을 바라보고 있었다.

"그렇겠지. 나한테 처맞은 게 다 정부가 뒤에서 밀어준 것 때문인데 또 그 손을 잡겠어? 언론이 바보인가?"

"무슨 소리야?"

"엥? 넌 언제 여기 있었냐?"

"아까부터."

언젠가 날 미팅에 데려가려다 실패한 동기 녀석이다.

"암살자냐? 어떻게 기척도 하나 없냐."

"내가 좀 잘 스며들지. 헤헤헤."

"왜 왔냐?"

"너 들었냐?"

"뭘?"

"4학년 동칠 선배 있잖아."

"응."

"이번에 2차 시험 마치고 나왔대."

"……?"

"어떻게 반응이 없냐. 내가 그토록 얘기한 거 잊었어? 나의 로망?"

"……."

"너 진짜 기억 안 나는구나. 정말 실망이다. 어떻게 친구 얘기를 한 귀로 흘리냐?"

실망이라면서 전혀 타격감 없는 표정은 뭐지?

"그래서 뭔데?"

"사법 고시."

"사법 고시?"

"얘가 진짜 아무것도 모르네."

"……속 시원하게 말을 해. 자식아."

"사법 고시 패스하면 45학점 인정해 주잖아. 내 목표 몰라? 2학년에 사법 고시 패스하고 조기 졸업 하는 거."

"엉?"

눈이 번쩍 뜨였다.

"얼마나 좋아. 1차 패스했으니 이번에 떨어져도 내년에 1차 면제받잖아. 설사 다 포기하고 취업하더라도 법학 직렬 취업 시 우대도 받고."

친구 말은 들리지도 않았다.

"세상에⋯⋯ 사법 고시가 있었다니."

"엉?"

"난 전혀 생각도 못 했어. 야, 그거 또 언제 시험 봐?"

"너도 사법 고시 보려고?"

"최종 합격하면 45학점 준다며?"

"그야⋯⋯."

"하반기에 시험이 있어?"

"너 진짜 아무것도 모르는구나."

"당연히 모르지. 내가 언제 법이랑 연결된 삶을 살았냐."

"하이고, 법대 수석이 법 바보라니."

"시끄럽고. 날짜나 말해. 스케줄 잡게."

"아서라. 올해는 끝났다. 이거 1년에 한 번 보거든."

"1년에 한 번?"

"내년 1월에 공고가 날 거야. 2월쯤 신청받고."

"아아⋯⋯."

"너 뭔가 되게 아깝다는 표정이다? 지금 공부하면 붙을 수 있을 것 같아? 네가 아무리 수능 만점에 전체 수석이라도 안 되는 건 안 되⋯⋯."

"그러네. 어차피 안 되는 일이었네. 미리 알았다면 수능 준비할 때부터 시작했을 텐데. 아깝다. 내년을 기약해야 하는구나."

"어쭈, 이 자식이 사법 고시를 아주 운전면허 시험 정도로 아네."

"알았다. 아주 중요한 정보를 줬어. 내가 보답은 톡톡히 할게."

일어났다.

"야, 어디 가?"

"학과 사무실에."

"학과는 왜?"

"조기 졸업 할 수 있다며? 자세히 알아봐야지."

"사법 고시 얘기하다가 갑자기 조기 졸…… 어! 너 설마 조기 졸업 하려고 사법 고시 보려는 거냐?"

"다른 이유가 필요해?"

얼빠진 녀석을 두고 곧장 법학대 학과 사무실로 갔다.

진짜 생각지도 못했다.

4년제 대학에 들어왔으니 꼼짝없이 4년을 다녀야 하는 줄로만 알았는데 조기 졸업이라니.

희망이 생겼다.

"그러니까 조기 졸업 제도를 알고 싶다고?"

"예."

"그야…… 너 조기 졸업 하려고?"

"궁금해서요."

"알려 주는 거야 어렵지 않지."

조교는 마치 자기가 교수인 양 대단히 비밀스러운 지식을 꺼내는 것처럼 떠벌렸다.

나는 그저 관련된 조항이 적힌 유인물이나 얻어 갈 생각이었는데.

어쨌든 간략 설명하면,

서울 대학교 졸업을 위한 이수 학점은 130학점이다.

전 학기와 전전 학기 평점이 3.3 이상이면 학기당 21학점까지 수업을 들을 수 있고 평점이 떨어지면 18학점까지 이수가 가능하다 한다.

전 학기와 전전 학기 성적이 없는 1학년은 강제로 18학점을 듣게 되는데 계절 학기는 하계 9학점, 동계 6학점까지 이수 가능하다고 한다.

싹 다 넣는다면.

1학년 : 18+9+18+6 = 51

2학년 : 21+9+21+6 = 57

3학년 : 21+9 = 30

최대로 돌렸을 때 5학기면 졸업 학점이 나온다.

1, 2학년을 빡세게 생활한다면 학점 자체는 무난하게 끝낼 수 있을 것 같은데 문제는 학칙이었다. 서울대는 6학기 이상부터 조기 졸업이 가능하다는 것.

내가 아무리 날고 기어도 3학년까지는 다녀야 한다는 얘기였다.

스케줄을 다시 짤 필요성이 있었다.

먼저 사법 고시를 패스하면.

130 - 45 = 85.

계절 학기는 들을 필요가 없어진다는 결론이 나온다.

1학년은 어쩔 수 없이 36학점밖에 가져오지 못한다는 규칙 아래 졸업을 위한 남은 학점은 49점밖에 없었다. 이걸 4학기로 나누면 한 학기에 12학점, 여유롭게 학기당 13학점만 받으면 충분하였다.

"이 정도면……."

사법 고시를 패스하는 순간 모든 게 순탄해진다.

좋구나.

이제 사법 고시를 알아보자.

1996년도 공무원 임용 시험 시행 계획 공고를 살펴봤다.

"……."

총 여덟 가지 시험이 있었다.

사법 고시라 불리는 사법 시험부터 군법무관 임용 시험, 행정 고등 고시, 외무 고등 고시, 기술 고등 고시, 7급, 9급, 9급 중 교정·보도·보호 관찰직.

응시 자격을 봤다.

사법 시험은 연령 제한이 없는데 군법무관 임용 시험부터 7급까지는 76년생부터만 치를 수 있었다. 결론적으로 작년에 알았어도 나는 해당 사항이 없다는 것.

그 외 여러 조항이 있었는데 중요한 게 아니니 스킵, 사법 시험 접수 기간과 시행 일정을 봤다.

"접수가 1월이네. 교부처가 서울시청이고 접수처가 한국 방송 통신 대학, 1차 시험이 3월이고 최종 합격자 발표가 12월 말? 1년 내내 보는 시험이었구나."

사법 시험의 확인이 끝나자 내 시선은 자연스레 아래에 걸쳐 있는 행정 고시와 외무 고시로 향했다.

"날짜가 겹치지는 않네……."

관심은 없었지만, 왠지 눈길이 간다.

언젠가 나도 들은 적 있었다.

대한민국 사대 고시라.

사법 고시, 행정 고시, 외무 고시, 언론 고시.

공무원 임용 시험 공고에 언론 고시가 들어가 있지 않은 걸 보면 언론 고시는 국가 고시가 아니라는 얘기니까 제외.

"……."

순간 가당치도 않은 생각이 들었다.

"에이, 내가 무슨……."

그러면서 눈은 자연스레 시험 과목으로 향했다.

"헌법, 민법, 형법…… 영어, 국제법, 경제학, 한국사, 행정법, 행정학……."

필수 과목이랑 선택 과목이랑의 차이가 각 시험별로 크게 벌어지지 않았다.

심화 버전이든가 아니면 결이 살짝 다른 정도?

"하는 김에 해도 될 것 같은데."

빈말이 아니었다.

혹시나 해서 이학주를 찾아갔다.

"뭐라고? 조기 졸업 하려고 사법 고시를 본다는 거야?!"

"예."

"이…… 후우~."

순간적으로 양은 냄비처럼 끓어오르려던 이학주는 금세 또 어깨를 축 늘어뜨렸다.

상태가 이상하길래 조심히 물어봤다.

"어려운가요?"

"어렵긴…… 시험 보겠다는데 보면 되지. 어휴~ 내가 너한테 공부 가지고 뭘 설명하겠냐. 그래서 뭘 도와주면 되는데?"

"책으로 할 수 있는 것 외 도움 될 만한 것들요."

"판례나 시험 기록 같은 것들 가져다주면 되냐?"

"예."

"근데 장 총괄."

"예."

"면접관 앞에서도 그렇게 대답 할 건 아니지?"

"당연하죠. 고문님 앞이니까 다 꺼내 보이는 거죠."

"그치?"

"그럼요."

그제야 이학주의 표정이 풀렸다.

"근데 이제 겨우 반년 남았는데 되겠어? 몇 년씩 공부해도 낙방하는 사람들이 줄줄이야. 엄청 어려워."

"알아요. 바쁘죠. 행정 고시랑 외무 고시 준비도 해야 하니까요."

"뭐?!"

"행정 고시랑 외무 고시도 준비하려고요."

"……."

"……."

"……."

"……."

"……사법 고시만 보는 게 아니었어?"

"내년에 다 끝내려고요."

"……."

당연하다는 내 계획에 뭔가 반박하고 싶은데 이상하게도 반박이 안 된다는 표정이 나왔다. 다른 사람 같으면 뺨따귀라도 날릴 텐데 그 대상이 나라서 혹시나 하는.

"장 총괄."

"예."

"그게 가능해?"

"해 보려고요. 1996년도 공고를 보니까 날짜가 각기 다르더라고요. 짬짬이 공부해도 될 정도로 여유가 있어요."

"……그런가?"

"지금부터 준비하면 가능할 것 같아요."

"……."

"……."

"……."

"……."

"……."

"……."

"……가능한 거 맞지?"

"예."

"허어…… 씨벌. 아차, 너한테 욕한 거 아니야."

"알아요. 탄식인 거."

"……알았다. 그러니까 내년에 사법 고시랑 행정 고시, 외무 고시를 다 함께 보겠다는 거지?"

"예."

"나는 거기에 관련된 족보나 자료를 찾아다 주면 되고?"

"예."

"허어……."

허탈하다는 듯 축 늘어지는 이학주를 보는데 문득 내가 서울대 법대에 합격했을 때가 떠올랐다.

할머니보다 더 기뻐하던 이학주.

꼬맹이 때의 약속을 이렇게나 지켜 줄 줄 몰랐다며 눈물까지 흘렸다. 이제는 마음껏 선배라 불러도 된다며.

"근데 너 회사는 어떡하려고?"

"다녀야죠."

"회사 다니면서 공부하겠다고?"

"늘 그랬잖아요."

"그랬지. 맞아. 그랬어…… 씨벌."

늘어지는 폼이 더 같이 있다간 병원에라도 실려 갈 것 같아 대화를 중단시켰다.

"그럼 부탁할게요. 전 다른 일이 있어서. 일어나도 되죠?"

"어?"

"나가도 되죠?"

"어, 으응. 그래, 수고해."

뭘 수고하라는 건지.

절인 배추처럼 축 처진 이학주를 두고 얼른 나갔다.

그 발걸음이 이상하게 가벼웠다.

새로운 목표가 생겨서 그런가?

조기 졸업이라니 생각만 해도 즐거웠다.

"세상은 참, 살 만해."

〈13권 끝〉